1話5分!

子どもの頭と心を育てる100のおはなし

齋藤孝 監修

宝島社

はじめに

読み聞かせは子育ての基本 3つの力が伸びる

「読み聞かせ」は親子の幸せな時間をつくるだけでなく、子育ての基本です。読み聞かせをすることで情緒が育ち、情緒が考える力の基本になります。

子どもが将来、どんな職業について、どんな人間になるかは、その人の情緒の力で決まります。どんなに頭がよくても、選択を間違ってしまうと、いい結果は得られません。生きるエネルギーの根本に、人の気持ちがわかる〝情緒力〟があるのです。

だからお父さん、お母さんたちは、頭のいい子に育

1 情緒力

いろいろなお話を聞くことで、人の気持ちがわかる情緒力が育ちます。情緒力は生きるエネルギーの基本になり、情緒が豊かになることで考える力も伸びます。

てようと考えるよりも、まずは情緒を豊かにすることを大切にしてください。その情緒力を育てるのが「読み聞かせ」なのです。

本書では、日本と海外の昔話、童話、名作、神話から落語まで、小学生ぐらいまでに読んでおきたいお話を100話紹介しています。順番に読んでも、気になるお話から読んでも、好きなお話を繰り返し読んでもかまいません。

「いい物語」は「文化」です。遊ぶことも大事ですが、文化的な時間を親子で一緒に過ごすのが、一番落ち着く子育てなのです。

子どもは日々、成長します。中学生くらいになると、読み聞かせに興味を示さなくなったりします。読み聞かせをできる時間は限られているので、かけがえのない親子の時間を、本書とともに楽しんでください。

明治大学教授　齋藤孝

2 共感力

読み聞かせをすると、子どもたちは物語に出てくる登場人物たちの気持ちに自分の心を寄り添わせます。自分以外の人の心を想像することは、人を理解する力を育てます。

3 感情表現力

お話をたくさん聞くことで言葉の種類が増え、語彙力が育ちます。言葉が少ないと自分の気持ちをうまく伝えられませんが、言葉が増えることで感情表現がじょうずになります。

じょうずな読み聞かせのコツ

子どもの想像力がふくらむ

お話はどんな読み方をしてもかまいません。でも、ちょっと読み方を工夫するだけで、子どもがよりお話に入り込んで、想像力をふくらませられるようになります。

＼コツ／
①

登場人物たちの感情を伝える

抑揚のない棒読みですと、子どもはお話に入り込めません。登場人物に感情移入するくらい、気持ちを込めて読むといいでしょう。ポイントは登場人物の「感情」を伝えることです。

＼コツ／
②

話が変わるポイントを強調する

物語には話が変わるポイントがあります。そうした「変化」のポイントを強調するように読みましょう。「大変なことになっちゃったね」「どうなるんだろう」と合いの手を入れるのもいいです。

＼コツ／

3

イメージを共有できる速さで読む

読み聞かせのスピードは、聞いている子どもが頭の中に絵を浮かべられるような、イメージを共有できるような速さが理想です。場面が変わるときに一呼吸おいたり、合いの手を入れるといいでしょう。

＼コツ／

4

いろいろなお話を“食べて”みる

お話を聞くことは、食べ物を食べるのと同じです。大好きなお菓子ばかり食べていると栄養のバランスが偏ります。いろいろなお話を“食べて”いろいろな“おいしさ”を知ることで人間の幅が広がります。

＼コツ／

5

読んだあとの感想で想像力を育てる

読んだあとには、「このあとどうなったんだろうね」などと、想像力が育つような話をしましょう。一番おもしろかったところを聞いたり、印象に残った言葉を３つ挙げたりするといいでしょう。

子どもの成長に合わせた

読み方&お話選び

読み聞かせは、少し難しいかなと思うものでも、いいお話なら気にせずに読んであげてください。子どもはどんどん言葉を覚えていくので、成長に合わせてお話の選び方などを工夫すると、より楽しめるでしょう。

0歳

簡単なお話を選ぼう

読み聞かせは、まだ言葉がわからない0歳からはじめてかまいません。最初はわかりやすい、簡単なお話がいいでしょう。言葉やオノマトペ（擬音語、擬態語）がおもしろいものがおすすめです。

1～3歳

子どもが好きな話を選ぼう

低年齢なら、できるだけ子どもが好きなお話を読んであげるといいでしょう。女の子ならお姫様のお話や、男の子なら冒険ものなど、「もう一回読んで」と言ってくるお話を、どんどん読んであげてください。

読み聞かせで
親子の対話を
深めていきましょう

4〜5歳

子どもにお話を選ばせよう

4歳ぐらいになったら、好きなお話以外も読んであげましょう。「鬼を倒す話と、人魚の話と盗賊の話なら、どれがいい？」などと、3つの中から選ばせるのも手です。

6歳〜

読んだあとで一緒にふり返る

読み聞かせのあとにどんな話だったかを子どもに説明させると、考える力が育ちます。自分の口であらすじや印象的な場面を説明することで、より記憶にも残りやすくなります。

 ※年齢設定はあくまでも目安です。お子さんの成長に合わせて使い分けてください。

1章 やさしい心を育てるおはなし

2章 ワクワクする冒険のおはなし

contents

もくじ

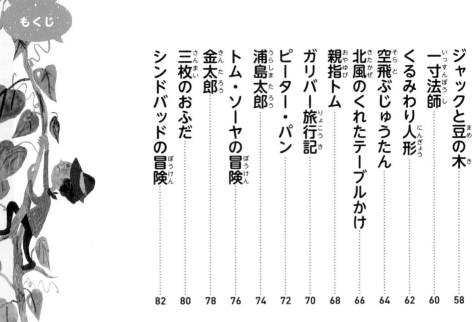

4章 親子で笑える楽しいおはなし

5章 ふしぎなおはなし

contents

もくじ

6章 失敗から学べるおはなし

本書の特長と使い方

読み聞かせがしやすいように、1話5分で読める長さになっています。読んだあとに想像がふくらむような情報も載っているので、親子で楽しんでください。

おはなし

小さなお子さんがひとりでも読めるように、すべての漢字にふりがなをふっています。

ジャンル

お話のジャンルを、世界の昔話、世界の名作、世界の神話、日本の昔話、日本の名作、日本の神話、落語の7ジャンルに分けています。

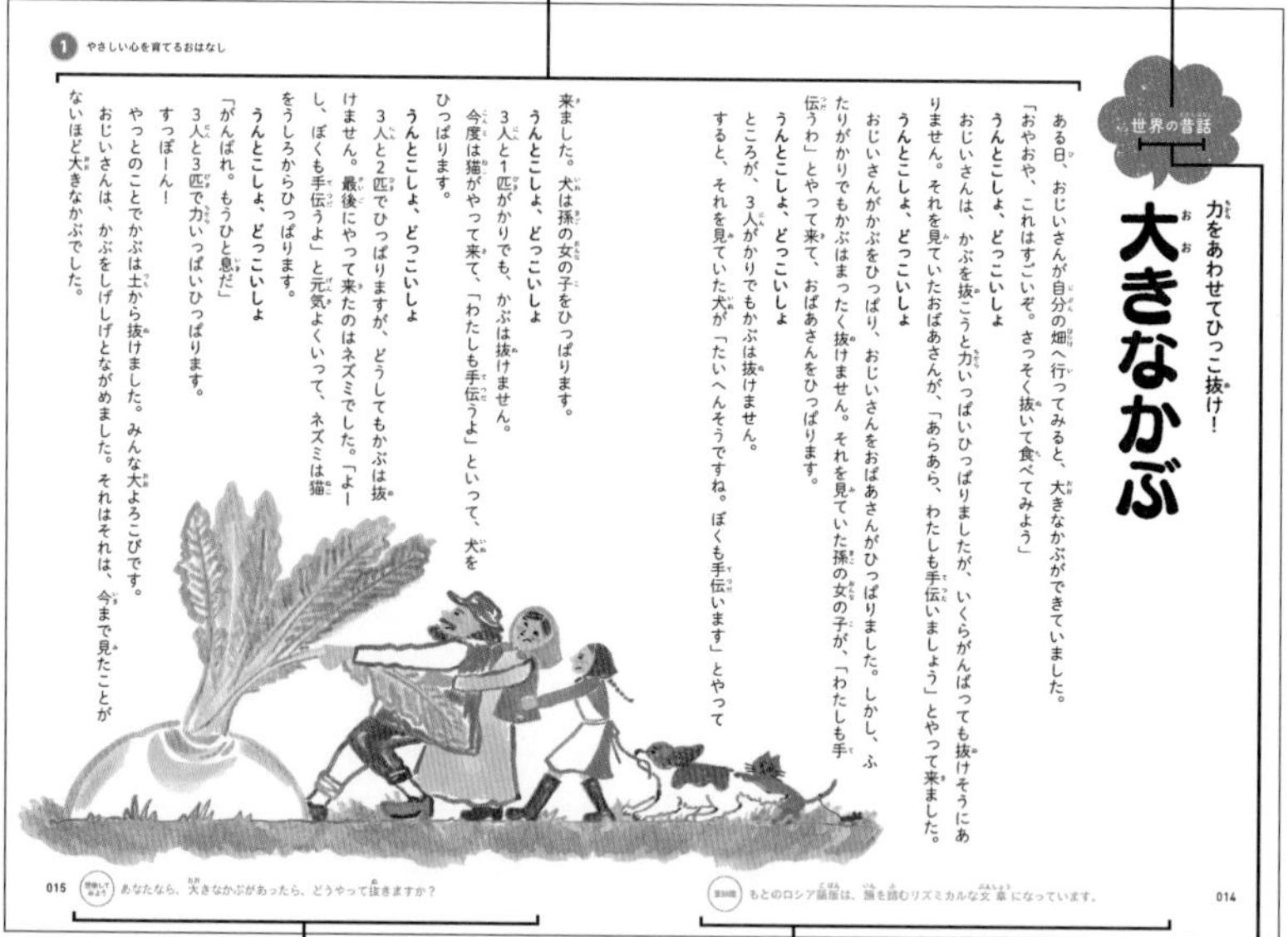

世界の昔話

力をあわせてひっこ抜け！

大きなかぶ

ある日、おじいさんが自分の畑へ行ってみると、大きなかぶができていました。

「おやおや、これはすごいぞ。さっそく抜いて食べてみよう」

うんとこしょ、どっこいしょ

おじいさんは、かぶを抜こうと力いっぱいひっぱりましたが、いくらがんばっても抜けそうにありません。それを見ていたおばあさんが、「あらあら、わたしも手伝いましょう」とやって来ました。

うんとこしょ、どっこいしょ

おじいさんがかぶをひっぱり、おじいさんをおばあさんがひっぱりました。しかし、ふたりがかりでもかぶはまったく抜けません。それを見ていた孫の女の子が、「わたしも手伝うわ」とやって来て、おばあさんをひっぱります。

うんとこしょ、どっこいしょ

ところが、3人がかりでもかぶは抜けません。

すると、それを見ていた犬が「たいへんそうですね。ぼくも手伝います」とやって来ました。犬は孫の女の子をひっぱります。

うんとこしょ、どっこいしょ

3人と1匹がかりでも、かぶは抜けません。

今度は猫がやって来て、「わたしも手伝うよ」といって、犬をひっぱります。

うんとこしょ、どっこいしょ

3人と2匹でひっぱりますが、どうしてもかぶは抜けません。最後にやって来たのはネズミでした。「よーし、ぼくも手伝うよ」と元気よくいって、ネズミは猫をうしろからひっぱります。

うんとこしょ、どっこいしょ

「がんばれ。もうひと息だ」

3人と3匹で力いっぱいひっぱります。

すっぽーん！

やっとのことでかぶは土から抜けました。みんな大よろこびです。

おじいさんは、かぶをしげしげとながめました。それはそれは、今まで見たことがないほど大きなかぶでした。

014　豆知識　もとのロシア語版は、韻を踏むリズミカルな文章になっています。

015　想像してみよう　あなたなら、大きなかぶがあったら、どうやって抜きますか？

1　やさしい心を育てるおはなし

想像してみよう

お話を読んだあとに、感想を話しやすいように、登場人物の気持ちなどを想像する質問がついています。

豆知識

お話や作者、物語に出てくる言葉の解説など、さらにお話を楽しむためのトリビアを載せています。

作者名・編集名・出典

物語の作者や編集者、出典元の本のタイトルを記載しています。

■イラストの担当ページ

足立真人	P38、50、80、102、114、118、134、146、170、188、202、222
大村えつこ	P36、58、76、100、116、138、174、186、210、220
くらはしれい	P22、30、34、52、56、68、90、104、112、126、168、178、190、214、216
佐藤芳美	P16、24、86、96、106、132、142、148、154、172、176、184、206、218、扉
タカヤマチグサ	P20、28、42、64、92、98、162、204、208
太中トシヤ	P60、78、108、110、128、152、164
ちばえん	P4、74、136、140、144、156、194、200、212
西田真菜	P14、26、44、48、62、70、82、122、130、150、160、166、180、192
252%	P18、32、40、46、66、72、88、94、120、182、196

1章

やさしい心(こころ)を育(そだ)てるおはなし

力をあわせてひっこ抜け！

大きなかぶ

ある日、おじいさんが自分の畑へ行ってみると、大きなかぶができていました。

「おやおや、これはすごいぞ。さっそく抜いて食べてみよう」

うんとこしょ、どっこいしょ

おじいさんは、かぶを抜こうと力いっぱいひっぱりましたが、いくらがんばっても抜けそうにありません。それを見ていたおばあさんが、「あらあら、わたしも手伝いましょう」とやって来ました。

うんとこしょ、どっこいしょ

おじいさんがかぶをひっぱり、おじいさんをおばあさんがひっぱりました。しかし、ふたりがかりでもかぶはまったく抜けません。それを見ていた孫の女の子が、「わたしも手伝うわ」とやって来て、おばあさんをひっぱります。

うんとこしょ、どっこいしょ

ところが、3人がかりでもかぶは抜けません。

すると、それを見ていた犬が「たいへんそうですね。ぼくも手伝います」とやって

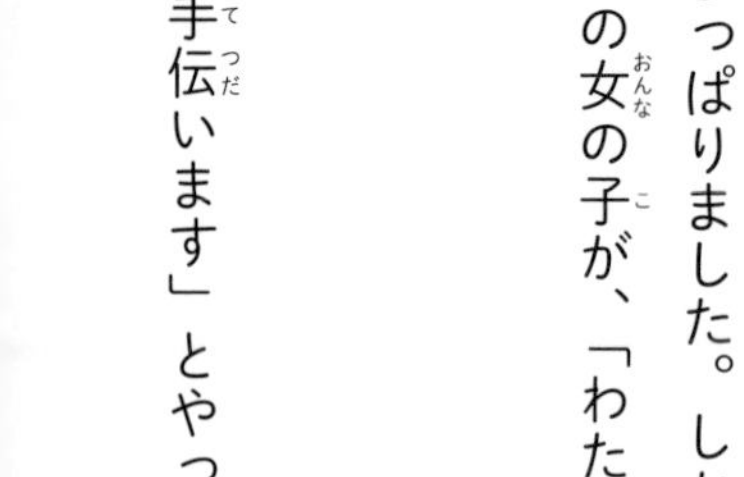

豆知識　もとのロシア語版は、韻を踏むリズミカルな文章になっています。

来ました。犬は孫の女の子をひっぱります。

うんとこしょ、どっこいしょ

3人と1匹がかりでも、かぶは抜けません。

今度は猫がやって来て、「わたしも手伝うよ」といって、犬をひっぱります。

うんとこしょ、どっこいしょ

3人と2匹でひっぱりますが、どうしてもかぶは抜けません。最後にやって来たのはネズミでした。「よーし、ぼくも手伝うよ」と元気よくいって、ネズミは猫をうしろからひっぱります。

うんとこしょ、どっこいしょ

「がんばれ。もうひと息だ」

3人と3匹で力いっぱいひっぱります。

すっぽーん！

やっとのことでかぶは土から抜けました。みんな大よろこびです。

おじいさんは、かぶをしげしげとながめました。それはそれは、今まで見たことがないほど大きなかぶでした。

想像してみよう　あなたなら、大きなかぶがあったら、どうやって抜きますか？

日本の名作
新美南吉

人間に化けて、はじめてのおつかい

てぶくろを買いに

寒い冬の朝のこと。子ギツネがほら穴から顔を出すと、あたりが白くなっています。

「お母ちゃん、たいへん！　まっしろだ」

はじめて見る雪に、子ギツネは大はしゃぎ。しかし、しばらく雪で遊んでいると、子ギツネのてはまっかっかになってしまいました。

「お母ちゃん、おててが冷たい。ジンジンする」

かわいそうに思った母さんギツネは、ぼうやにてぶくろを買ってやることにします。夜になり、キツネの親子は洞穴を出たのですが、町のあかりを見た母さんギツネは、むかし町で人間に追いかけられたことを思い出し、どうしても足がすすみません。そこで、しかたなくぼうやだけをひとりで町まで行かせることにしました。

「ぼうや、おててを片方お出し」

母さんギツネがぼうやのてをしばらく握っていると、指が5本あるてに変わりました。

「それは人間のてよ。帽子屋に着いたら、戸のすき間からてを出して『このてにちょうどいいてぶくろをちょうだい』というのよ」

キツネだとばれないように、子ギツネの片方のてを人間のてに変えたのです。

子ギツネは町に行き、帽子屋を見つけると、

豆知識　作者の新美南吉は結核により29歳の若さで亡くなりました。

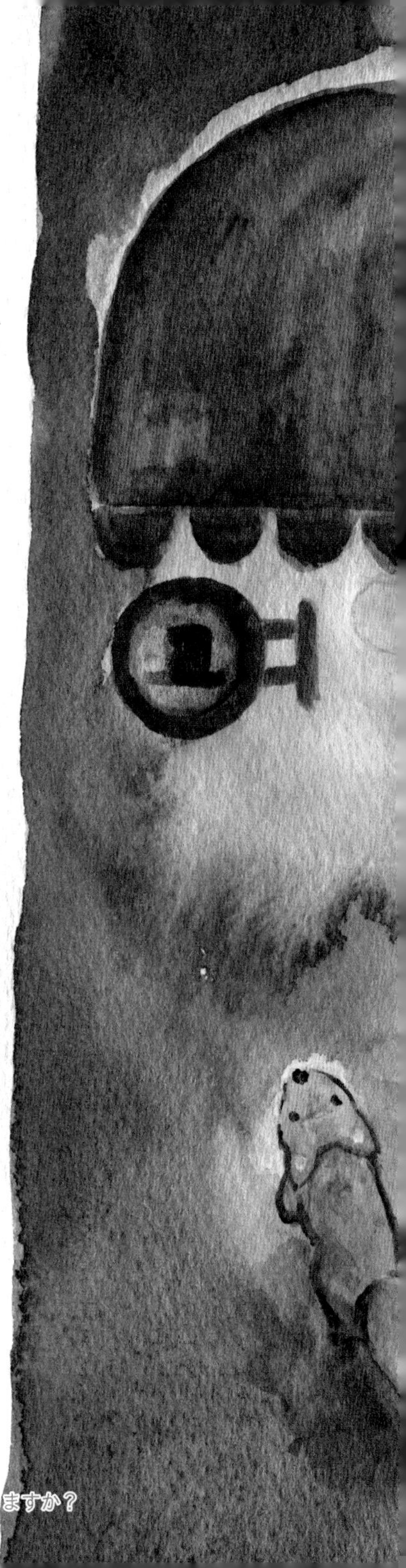

「こんばんは。このおててにちょうどいいてぶくろください」といって、戸のすきまにてを差しこみました。ですが、まちがえてキツネのままのてを入れてしまいます。

「おやおや、キツネがやって来たのだな」

子ギツネの正体に気づいた帽子屋さんは、子ギツネの出した銅貨が本もののお金かどうかを確かめると、棚から子ども用の毛糸のてぶくろを渡しました。子ギツネは、お礼をいって、もと来た道を帰りました。

「まだかしら。ちゃんと買えたかしら」

心配していた母さんギツネのもとに、子ギツネが元気よく帰ってきました。

「人間はちっともこわくないよ。まちがえてほんとうのおててを出しちゃったの。でも、こんないいてぶくろをくれたんだ」

母さんぎつねは、「まあ！」とあきれました。そして、「ほんとうに人間はいいものかしら」と何度もつぶやきました。

想像してみよう　あなたなら、お店にキツネがやってきたら、どうしますか？

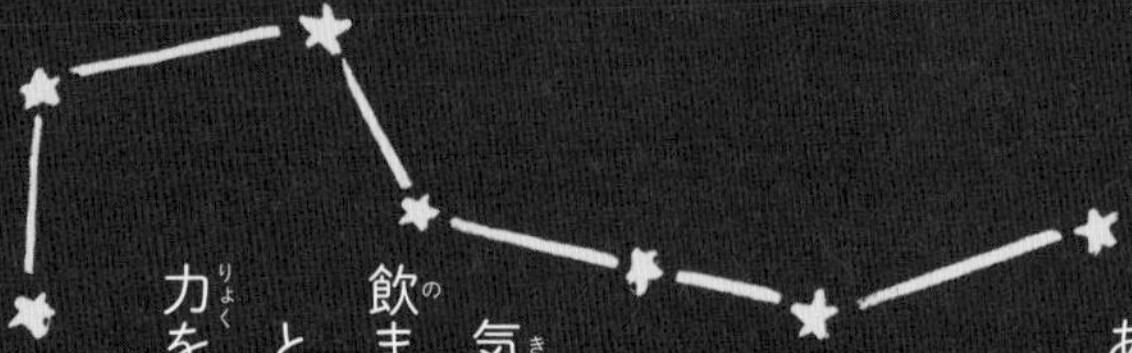

世界の名作
トルストイ

七つの星

空に輝く〝ひしゃく形〟の星座の秘密

ある年のこと。その年は雨がまったくふらず、長い日照りが続きました。国中がカラカラにかわき、畑の作物もかれ、飼っていた牛や馬も死んでしまいました。

貧しい暮らしをしていた母親と娘の家からも水がなくなり、とうとうお母さんは病気になってしまいました。娘は、お母さんに飲ませるために、水を探しに行きます。

ところがジリジリと照る太陽の光が、娘の体力をどんどんうばっていきます。ついに娘は疲れ果てて、道ばたに座りこんでしまい、そのまま眠ってしまいました。

しばらくして目をさますと、すっかり夜になっていました。今日はもうあきらめて家に帰ろうと歩きはじめたとき、道に光るものが落ちているのを見つけます。

近づいてみると、それは水がなみなみ入った木のひしゃくでした。ひしゃくを手にした娘は、喉がかわいていましたが水を飲むのを我慢して、お母さんの待つ家に向かいました。

水がこぼれないように歩いていると、むこうから一匹のやせこけた犬がやってきます。かわいそうに思った娘は、大切な水を手ですくって、犬にわけてやりました。すると、木のひしゃく

豆知識 作者のトルストイは、民話を題材にした作品を多く遺しています。

が、銀のひしゃくに変わったのです。

娘はおどろきましたが、急いで家へ帰り、お母さんにひしゃくの水を飲ませました。

「ああ、おいしい。ありがとう」

お母さんがそういった瞬間、銀のひしゃくは金のひしゃくに変わりました。

そこに、おじいさんがやってきて、「ひと口飲ませてもらえませんか」といいました。

もうひしゃくには水が少ししか残っていません。おじいさんにあげると娘のぶんの水はなくなります。でも、心やさしい娘は、水をおじいさんにあげました。

水を飲みほしたおじいさんは、お礼をいって出て行きました。

ふと、娘がひしゃくを見ると、中に大きな七つの宝石がキラキラ光り、水がこんこんとわき出ているではありませんか！　しかも、ひしゃくの水はいくら飲んでもなくなりません。

お母さんと娘がよろこんでいると、突然ひしゃくが夜空に飛んでいき、かがやきはじめました。こうして、ひしゃくの形をした七つの星は、北斗七星になりました。

ひしゃくの水を飲んだおかげでお母さんは元気になり、ふたりは幸せに暮らしました。

想像してみよう　あなたなら、大切なお水を困っている人に分けてあげますか？

日本の昔話

大みそかの夜にとどいたお礼の品

かさじぞう

むかしむかし、あるところにおじいさんとおばあさんがいました。ふたりはつくった笠を売って暮らしていましたが、たいそう貧乏でした。もうすぐお正月だというのに、おもちさえ買えません。

「そうじゃ、つくった笠を町に売りに行こう」

雪がこんこんとふっている中、おじいさんは笠を五つかついで町に出かけます。町は大みそかで大にぎわい。おじいさんは、「笠はいらんかねー。笠はいらんかねー」と売り歩きましたが、笠はまったく売れません。だんだん雪がはげしくなり、結局ひとつも売れないまま、家に帰ることにしました。

「おもちも魚も買えなくて、ばあさんはがっかりするじゃろうな」

しだいに雪が強くなり、吹雪になりました。

おじいさんが帰り道を急いでいると、道ばたに六体のお地蔵さんが並んでいました。見ると、頭には雪がいっぱい積もっています。

豆知識　笠は、正月に家にやって来る年神さまが被るものといわれています。

「帽子もかぶらず、衣も着ず、さぞ寒かろうに……」

かわいそうに思ったおじいさんは、お地蔵さんの雪をはらって、かついでいた笠を頭にかぶせてあげました。

ところが、かついでいた笠は五つしかないので、ひとつ足りません。

そこで、自分がかぶっていた手ぬぐいをはずして、最後のお地蔵さんの頭に結びました。

おじいさんは家に帰ると、寒そうなお地蔵さんに笠をあげたことをおばあさんに話しました。

「それは、よいことをしましたな。もちはつかなくても年はこせます」

ふたりはおかゆをすすって、湯を飲んで寝ました。

ところが、夜おそくになって、外から「エッサコラ、エッサコラ」と声が聞こえてきます。

「こんな寒い晩に、いったいだれの声じゃ？」

おじいさんが戸を開けてみると、なんと家の前に米俵や食べものが山積みになっているではありませんか！　遠くには笠をかぶったお地蔵さんたちが、雪の中を帰って行くのが見えました。

おじいさんとおばあさんは、お地蔵さんに感謝して、よいお正月をむかえることができました。

想像してみよう　あなたなら、雪が積もったお地蔵さんを見たら、どうしますか？

世界の名作
アンデルセン

おもちゃの兵隊とバレリーナの熱い恋

すずの兵隊さん

小さな男の子が誕生日に、お父さんからおもちゃの兵隊をもらいました。

おもちゃの兵隊は、1本のすずのスプーンを溶かして25体つくられましたが、最後につくられた兵隊だけは、足が1本ありません。材料が足りず、片足の兵隊になってしまったのです。

男の子は窓のそばに、兵隊たちをずらりと1列に並べました。まわりには小さなお城があり、中ではきれいなバレリーナのお人形が踊っています。片足の兵隊は、片足を上げて踊るバレリーナを見て、恋に落ちてしまいました。

バレリーナは、つまさきでまっすぐ立っています。片足の兵隊も負けじとまっすぐ立って、ふたりはしばらく見つめあっていました。

するとつぜん風が吹き、片足の兵隊は窓の外に飛ばされてしまいました。外では近所のいたずらっ子たちが遊んでいます。

「こんなところにおもちゃの兵隊がいるぞ!」

いたずらっ子は片足の兵隊をつかみ、紙の小舟に乗せて川に流してしまいました。

しばらくすると、紙の小舟がやぶれて、兵隊は川の中へ沈んでいきました。そこに、大きな魚がやって来て、片足の兵隊をパクリ。

「もうあのバレリーナには、会えなくなる」

豆知識 19世紀のヨーロッパでは、すずの兵隊は男の子の定番のおもちゃでした。

兵隊がかなしんでいると、とつぜん魚のお腹が開いて目の前が明るくなりました。兵隊を食べた魚は漁師につかまえられて、市場で売られ、男の子のお母さんに買われたのです。

魚の中から兵隊が出てきてびっくりしたお母さんは、片足の兵隊を男の子に渡しました。

もとの家に戻ってきた兵隊は、またバレリーナに会えてよろこびました。

ところが、男の子はふざけて兵隊を暖炉へ投げてしまいました。おもちゃの兵隊の体は炎でゆっくり溶けていきます。

そのとき急に風が吹きました。すると、フワッとまい上がったバレリーナの人形は、暖炉の中の兵隊のもとへ飛びこんだのです。

片足の兵隊とバレリーナは、炎の中で見つめあい、溶けて小さなかたまりになりました。

次の日、お母さんが暖炉の灰をかき出すと、ふたりはハート形のすずになっていました。

想像してみよう　兵隊とバレリーナは、炎の中でどんな気持ちだったでしょうか？

日本の昔話
「お伽草子」

観音さまに守られた女の子

鉢かづき姫

むかし、河内の国に裕福な長者が住んでいました。長者には子どもがいなかったので、観音さまにお参りをし続け、とうとうひとりの女の子を授かりました。

ところが、娘が13歳のとき、母は病気になってしまいます。自分が死んだあとに残す娘が心配で、毎日、観音さまにお参りしていました。すると、ある晩、夢の中に観音さまが現れ、娘の頭に鉢をかぶせなさいというお告げがありました。

母は娘をまくらもとによび、観音さまのお告げどおりに、大きな鉢を娘にかぶせました。

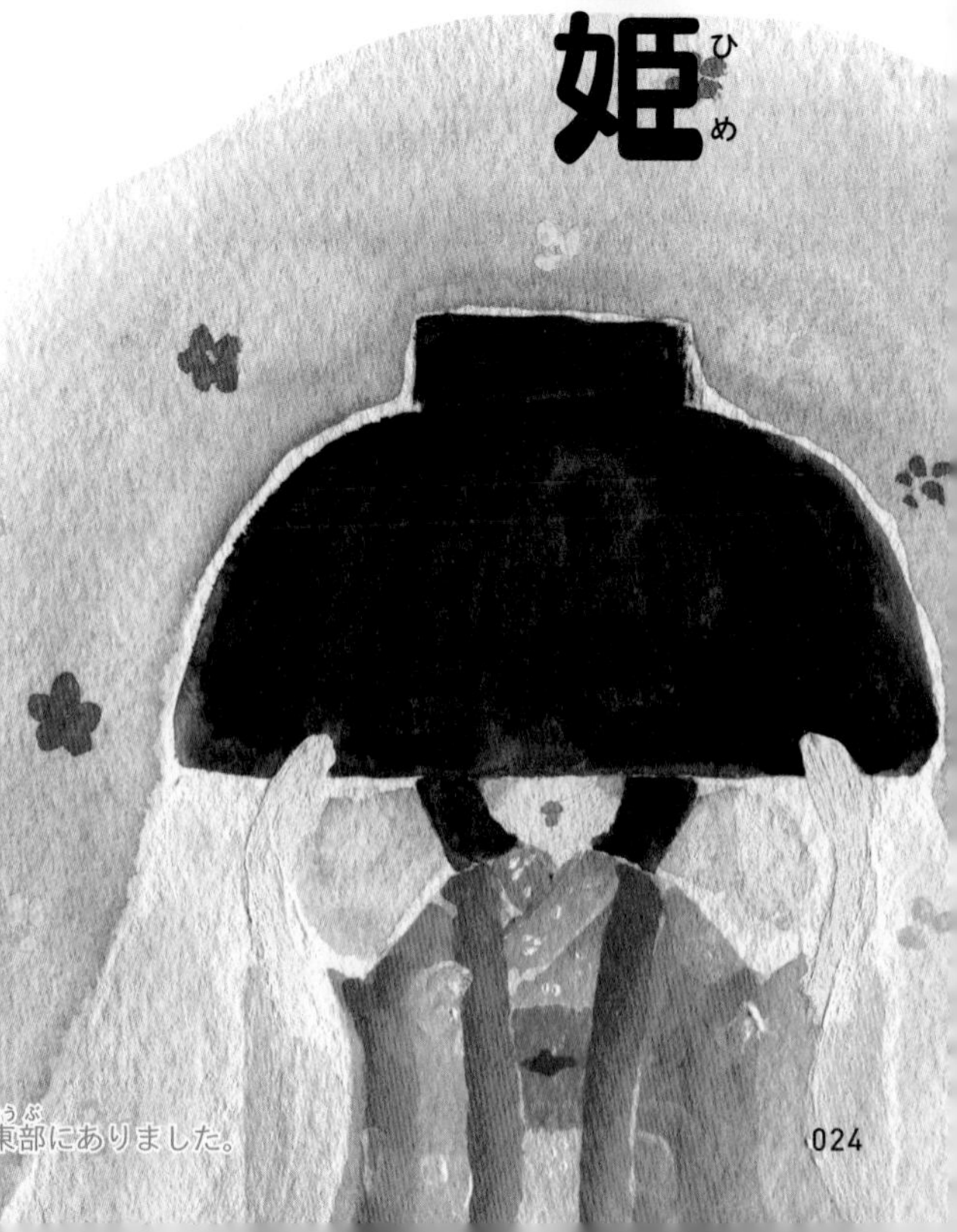

母が亡くなると、父はみっともないからと娘の鉢をとろうとしたのですが、どんなに引っぱってもはずれませんでした。

しばらくして、父は新しい奥さんをむかえ

豆知識　河内の国は、現在の大阪府東部にありました。

ます。

しかし、新しい母は娘をきらって「鉢かづき」とよび、父に娘の悪口を吹きこみます。そして、鉢かづきを家から追い出してしまったのです。

かなしさのあまり、鉢かづきは川に身を投げましたが、鉢がういてしまい死ねません。肩がかくれるほどの鉢をかぶった鉢かづきは、人々に気味悪がられましたが、運よく、召使いとして殿さまに拾われました。

殿さまには4人の子どもがいました。そのうち末っ子の宰相は、鉢かづきの美しい歌声や上品なふるまいに心をうばわれ、結婚を申しこみました。

しかし、ふたりの結婚に反対した宰相の母が、鉢かづきを追い出そうとたくらみます。兄たちの嫁を集めて、嫁比べをすれば、鉢かづきは恥をかいて出ていくだろうと思ったのです。

嫁比べの当日、宰相と鉢かづきが家を出ようとしたときです。どういうわけか鉢がとれ、中から美しく成長した娘が現れました。おまけに、鉢の中から金のかたまりや銀のさかずき、ごうかな十二単やはかまなどが出てきたのです。

3人の兄の嫁がそれぞれ美しく着かざり、引き出ものを用意していましたが、そこへたいへん美しい娘が現れ、ごうかな引き出ものを持ってきたため、その場にいた人たちはたいそうおどろきました。

音楽や和歌、習字など、どれもすばらしい腕前の鉢かづき。殿さまはよろこんで結婚を認め、鉢かづきと宰相に大和・河内・伊賀の三国をさずけました。

それから、ふたりは伊賀の国に屋敷をかまえて幸せに暮らしました。

想像してみよう　もし自分が鉢をかぶって暮らすことになったら、どんな気持ちでしょうか？

世界の昔話

少年と馬の友情から生まれた楽器

スーホの白い馬

むかし、モンゴルにスーホというヒツジ飼いの少年がいました。貧しい暮らしでしたが、おばあさんとふたりで仲よく暮らしていました。

ある日のこと。スーホがいつものようにヒツジをつれて草原へ行くと、まいごの白い子馬が倒れているのを見つけました。スーホは子馬を抱きかかえて家につれて帰り、自分で育てることにしました。

子馬はすくすくと育ち、やがてりっぱな馬に成長します。スーホと白い馬はとても仲よくなり、毎日、草原を走りまわりました。

そんなとき、王さまが競馬大会を開くと発表します。スーホは白い馬をつれてその大会に出場し、みごと一等になりました。

すると、王さまはスーホの白い馬がほしくなり「銀貨をやるからその馬を置いていけ」と、いいます。王さまは、スーホが貧しい暮らしをしていたので、銀貨をあげれば、白い馬をゆずってくれるだろうと考えたのです。

ところがスーホは断ります。王さまはかんかんに怒って、家来たちがむりやりに白い馬をつれていってしまいました。スーホはかなしくて、毎日泣き続けました。

それからしばらくたったある日の夜、家の外

豆知識　このお話の原作となった『馬頭琴』は、1956年に中国で出版されました。

でゴトゴトと音がするではありませんか。見に行くと、なんとあの白い馬がいます。白い馬はスーホに会いたくて、王さまのところから逃げてきたのです。

しかし、逃げるときに家来から矢をたくさん打たれ、フラフラになっていました。かわいそうに、白い馬はやがて死んでしまいました。

スーホは泣きながら、いつのまにか眠ってしまいます。すると、夢の中に白い馬が現れました。「わたしの骨や皮、毛を使って楽器をつくり、それを毎日演奏してください。そうすれば、あなたとわたしはいつもいっしょです」。

スーホは目を覚ますと、夢の中で白い馬にいわれたとおりに楽器をつくります。そして、スーホがつくった楽器は、やがて「馬頭琴」とよばれるようになり、今ではたくさんのモンゴルの人たちに演奏されているのです。

想像してみよう　なぜスーホは、銀貨と馬を交換しなかったのでしょうか？

世界の名作
ウェブスター

名前も知らないやさしい紳士

あしながおじさん

ある孤児院にジュディ・アボットという18歳の女の子がいました。

ある日、ジュディは院長先生によび出されます。院長室へ向かう途中、とても背が高い男の人のうしろ姿が見えました。院長室へ入ると、院長先生はジュディにいいます。

「ジュディ、あなたが書いた作文を読んで、あなたを大学へ行かせてあげたいという方がいらっしゃいました。そのかわり、毎月その方に、お礼のお手紙を送りなさい」

まさか大学に行けるとは思っていなかったジュディは、大よろこび。

「きっと、さっき見かけた背の高い人だわ」

ジュディは、背が高いその人を「あしながおじさん」とよぶことにしました。

ジュディは大学生活をとても楽しみました。やさしいサリーやジュリアたちと友達になり、毎日夢のようです。もちろん、あしながおじさんへの手紙も毎月ちゃんと書きました。

大学に通ううちに、ジュディには好きな人ができました。ジュリアのおじさんのジャービス・ペンデルトンという人です。

ジュディは、ジャービスのこともあしながおじさんへの手紙に書きました。

豆知識 孤児院とは、親のいない子どもを育てる施設です。

「この前、ジャービスさんが大学にいらっしゃいました。とてもやさしいすてきな方です。おじさんみたいに背が高いんですよ」

大学の4年間、ジュディは作家になるためにたくさん勉強して、たくさん小説を書きました。

そして、卒業式の日、ジュディはなんとジャービスにプロポーズされたのです。しかし、お金持ちのジャービスさんと孤児院育ちの自分では釣りあわないと、断ってしまいます。

かなしくてたまらないジュディは、あしながおじさんに手紙で相談しました。すると、今まで一度も会ってくれなかったあしながおじさんが、会ってくれるというのです。

ジュディはドキドキしながらあしながおじさの家に行きます。そして、ドアを開けてびっくり。そこにいたのはジャービスでした。

「ジュディ、どうしてぼくがあしながおじさんだって気づかなかったんだい？」

ジュディは、生まれてはじめてラブレターを書きました。

想像してみよう　あなたなら、あしながおじさんにどんな手紙を書きますか？

世界の昔話
グリム

眠れる森の100年ののろい

いばら姫

むかし、ある王国で、とてもかわいらしいお姫さまが生まれました。王さまは、お姫さまが美しく、かしこく育つように、魔女をよんでおまじないをかけてもらうことにしました。

お城には12人の魔女が集まり、順番におまじないをかけます。ところが、11人目の魔女のあとにとつぜん、お祝いによばれなかった魔女が入ってきました。この魔女はお姫さまに「15歳になったら紡錘に指をさされて死ぬ」という、おそろしいのろいをかけてしまったのです。

すぐに12人目の魔女がおまじないをかけます。

「わたしにはのろいをとりのぞく力はありませんが、弱めることはできます。お姫さまは紡錘に指をさされますが、命は助かります。代わりに、長い眠りにつくことでしょう」

お姫さまを守るため、王国では紡錘が焼き払われ、糸をつむぐことができなくなりました。

そして、15年がたちました。おまじないのおかげもあり、お姫さまは、それはそれは美しく、かしこい女性に成長しました。

ある日、お姫さまはお城の塔で、糸をつむぐおばあさんに会いました。お姫さまはなにをしているのかたずねました。

「糸をつむいでいるんだよ。やってみるかい？」

豆知識　紡錘とは、糸をつむぎながら巻きとるための道具です。

お姫さまが自分でも糸をつむごうと触れたとたん、紡錘に指をさされてしまいます。そのおばあさんは魔女だったのです。

お姫さまはその場に倒れ、眠ってしまいました。その後、お城のほかの人たちも次々に眠ってしまいます。そして、みるみるうちにいばらがお城をおおっていったのです。

100年のときがたち、いばらのお城の話を聞いた王子がやって来ました。王子が近づくと、いばらが左右に分かれ、道ができました。

中では、おおぜいの人がぐっすり眠っています。奥へ進むと、とても美しい15歳ほどのお姫さまが眠っているのを見つけました。

王子が思わずキスをすると、お姫さまは目を覚まします。すると、お城の人たちも起き出し、いばらもいつの間にか消えてしまいました。お姫さまは王子と結婚し、幸せに暮らしました。

想像してみよう　あなたなら、どんなおまじないをかけてほしいですか？

世界の名作
バーネット

小公女

大好きなお父さんが遺してくれたもの

イギリス人の少女セーラは、お父さんとインドに住んでいました。7歳になったセーラはロンドンの学校に通うために、お父さんとはなれて暮らすことになりました。

お父さんの仕事は順調で、セーラの暮らしはとても裕福です。校長先生は、セーラのお父さんがお金持ちだったので、学校にお金をたくさん寄付してくれることを期待して、セーラを特別あつかいしました。

やがて、セーラのお父さんは、友だちといっしょに、インドでダイヤモンドをほりあてる事業をはじめます。

校長先生は、これでもっとたくさんのお金を寄付してもらえると考え、セーラの11歳の誕生日に、ごうかなパーティーを開きました。

ところが、パーティーの最中に、お父さんが事故で亡くなり、ダイヤモンドの仕事も失敗したという知らせがとどきます。

「あなたはもう学校にいられません。屋根裏部屋に住まわせてあげるから、召使いとしてはたらきなさい」

お金が入らないとわかった校長先生の態度は

豆知識 作者のバーネットは、イギリスの裕福な商人の家に生まれました。

一変。セーラと召使いのベッキーを、毎日くたくたになるまでこき使いました。それでもセーラはくじけず、一所懸命にはたらきます。

そんなある日、学校に一匹のサルがまよいこみます。サルは、あるお金持ちのご主人の家に住みこみではたらいている、インド人の青年が飼っているものでした。

セーラはサルをつかまえ、持ち主の青年のもとにとどけました。青年はよろこび、自分のご主人にセーラを紹介します。

偶然にも、そのお金持ちのご主人は、セーラのお父さんといっしょに、インドでダイヤモンドをほりあてる事業をしていた人だったのです。

じつは、お父さんの事業は成功していました。そのご主人は、セーラのお父さんからあずかったたくさんのお金を渡すために、セーラのことをずっと探していたのです。

お父さんが遺してくれたお金を受けとったセーラはふたたび裕福になりました。

そして、ご主人といっしょに暮らすことになったセーラは、ベッキーもつれて、みんなでインドへ渡り、幸せに暮らしました。

想像してみよう　お父さんとはなれて暮らすことになったセーラは、どんな気持ちだったでしょう？

世界の昔話

美女と野獣

魔法をとく真実の愛

あるところに、お父さんと3人の美しい娘が暮らしていました。中でも一番下のベルは、とても心やさしい娘です。

ある日、お父さんが森の中を歩いていると、嵐になってしまいました。ちょうど目の前にお城があり、入ってみると中にはだれもいません。テーブルの上にはおいしそうな食事が用意されていたので、お腹がすいていたお父さんはがまんできずに食べてしまいます。おまけにあたたかい暖炉まであったので、一晩泊めてもらうことにしました。

次の朝、お父さんが家に帰ろうとすると、庭にとても美しいバラが咲いていました。

「そういえばベルがほしがっていたな。1本いただこう」

お父さんがバラをとったそのとき、目の前におそろしい野獣が飛び出してきました。

「助けてやったのに、バラを盗むなんて！」

野獣はとても怒っていて、お父さんはこわくてふるえました。すると野獣は、娘を身代わりにつれてくれば、許してやろうといいます。

豆知識　「ベル」はフランス語で「美しい」という意味です。

家に帰ったお父さんから事情を聞いたベルは、「わたしが野獣のところへ行くわ！」と、家族がとめるのも聞かず、野獣のところへ行きました。

「よくきたね、やさしい娘さん」

野獣はこわい見た目をしていますが、本当はとてもやさしい心を持っていました。それにとてももの知りで、いろいろな話を聞かせてくれます。ベルと野獣はすっかり仲よくなりました。ある日の夕食どき、野獣はベルに結婚を申しこみますが、ベルは断ってしまいます。

しばらくたったころ、ベルのもとに、お父さんが病気になったという知らせがとどきます。ベルは一目お父さんに会いたいから、家に帰らせてほしいと野獣にお願いしました。

「わかった。でも、かならず7日以内に戻ってきておくれ」

野獣はベルを信じて、家に帰してくれました。ベルが家に着くと、お父さんはうれしくてひと安心。でも、ふたりの姉は野獣をこらしめようと、ベルをこのまま引きとめておくことにしました。

10日目の夜、野獣が倒れて死にそうになっている夢を見たベルは、急いで森のお城に戻ります。野獣は城の小川のほとりで、ぐったりと横たわっていました。

「元気になって！　妻として、あなたとずっといっしょにいるわ！　大好きよ！」

そうさけんだとたん、目の前の野獣がすてきな王子の姿に変わりました。王子は悪い魔女に、美しい娘に愛されるまで、みにくい獣になる魔法をかけられていたのです。

ふたりは結婚して、いつまでも幸せに暮らしました。

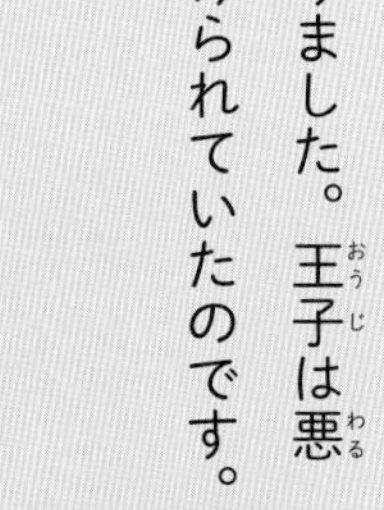

想像してみよう　あなたはみにくい姿の獣と仲よくなれますか？

世界の名作
ワイルド

幸福な王子

心やさしい銅像とツバメのお話

ある街の見晴らしのいい場所に、「幸福な王子」とよばれる像が立っていました。かつてその街で幸せな生活を送りながらも、若くして亡くなった王子の像です。目にはサファイア、腰の剣にはルビーがほどこされ、体全体はぴかぴかの金箔でおおわれていました。

ある秋の夜のことです。一羽のツバメが飛んできて、王子の足元で眠りにつこうとしていました。すると、上のほうからポタリ、ポタリと水のつぶがふってきます。

ツバメがおどろいて見上げると、王子の目から大粒の涙があふれています。じつは像には王子のたましいがやどっていて、死んだ今も街を見守り続けながら、人々の暮らしを心配していたのです。

「どうして泣いているのですか」

ツバメがたずねると、王子が答えました。

「この場所から、ある貧しい家が見えます。子

豆知識　作者のオスカー・ワイルドが、病気とたたかいながら書いたお話です。

どもが病気なのに薬を買うこともできないのです。ツバメさん、わたしの剣についているルビーを、その家にとどけてくれませんか」

渡り鳥であるツバメは、冬がやって来る前に、あたたかい南の国へ行かなければなりません。しかし、王子のかなしそうな顔を見ると、断ることができません。ツバメはルビーをはずして、その家にとどけました。

これで南の国へ行けると思ったツバメでしたが、王子から「もう一日だけ待ってください」と頼まれます。

そして、今度は右の目のサファイアを、貧しくて寒さにふるえている若者に渡してほしいと頼まれ、さらに左目のサファイアを、マッチ売りの少女に渡してほしいと頼まれました。

王子の愛に心を打たれたツバメは、ついに南の国へ渡ることをあきらめました。街に残り、王子の体の金箔をはがしながら、それをたくさんの貧しい家にとどけたのです。

いよいよ冬がやってきました。金箔がはがれた王子はみすぼらしい姿になり、ツバメも寒さで体が弱っています。ツバメは最後の力で飛び上がり、王子にキスをして力つきました。

この様子を天国からずっと見ていた神さまは、心を動かされました。そして神さまのはからいにより、王子とツバメは天国へまねかれ、そこで幸せに暮らしたのでした。

想像してみよう　あなたの前に困っている人がいたら、どうしますか？

日本の名作
太宰 治

親友との約束のために命をかける

走れメロス

ある村でヒツジ飼いをしているメロスは、もうすぐ結婚する妹に衣装やごちそうを買うために、遠い町までやって来ました。ところが、町に元気がありません。メロスが聞くと、あるおじいさんが教えてくれました。「この国の王さまは、人を信じられないといってまわりの人をころすのです」

「なんて王さまだ。生かしておけん」

メロスは、短剣を持って王さまのお城に入っていきましたが、すぐに兵隊につかまってしまいます。そして、メロスは処刑されることになりました。

「王さま、わたしは死ぬ覚悟はできています。ただ、その前に妹の結婚式を挙げさせてください。代わりに親友のセリヌンティウスを置いていきます。わたしが3日後の日暮れまでに戻らなければ、親友をころしてかいません」

王さまは、おもしろ半分で頼みを聞きいれます。つれてこられたセリヌンティウスは、メロスを抱きしめました。

豆知識　このお話は、作者である太宰治の実体験をもとに書かれたといわれています。

それからメロスは急いで村に帰り、次の日、妹たちの結婚式を見とどけました。

3日目の朝、雨がふる中、メロスは町に向かって走り出します。途中、川の橋がこわれていたため、はげしい流れの中を泳いで渡りました。山賊にもおそわれましたが、なんとか倒しましたが、もうヘトヘトです。峠をこえたところで、喉がかわき、ついに倒れてしまいます。

もう、どうでもいい。メロスがあきらめかけたとき、水の流れが聞こえてくるではありませんか。見ると岩の裂け目から水がわき出ていました。水を一口飲んでわれに返ったメロスは、また必死に走り出したのでした。

太陽がいよいよ沈み、王さまがセリヌンティウスを処刑台に立たせたときです。「待て！　わたしが、メロスが、約束どおり帰ってきたぞ！　ころされるのはわたしだ！」

メロスが戻ってきたのです。町の人々はおどろき、そして、たたえました。

「セリヌンティウス、わたしをなぐれ。わたしは途中、あきらめる悪い夢を見た」

「メロス、わたしをなぐれ。わたしはきみをうたがった」

ふたりは一発ずつなぐりあい、そして、泣きながら抱きあいました。それを見た王さまは顔を赤らめ、「おまえらはわしの心に勝ったのだ。どうか、わしを仲間に入れてほしい」といいます。

町には大きな歓声がひびきわたりました。

想像してみよう　あなたなら、メロスが約束どおりに帰ってきたとき、なんと声をかけますか？

世界の名作
アミーチス

幼いマルコの長い長い旅

母をたずねて三千里

イタリアのジェノバに住んでいたマルコは、お父さんとお母さん、お兄さんと四人で暮らしていました。家族の生活はくるしく、お父さんはたくさんの借金をかかえてしまいました。

そのため、お母さんは、遠いアルゼンチンのブエノスアイレスという街に、お手伝いとしてはたらきに行くことになります。

お母さんは、アルゼンチンからときどき手紙をくれていましたが、あるときからぱったりと連絡がとだえてしまいました。

心配でたまらないマルコは、お父さんやお兄さんに内緒で、ひとりでお母さんに会いにいこうと決意します。

イタリアからアルゼンチンまでは、船で一カ月くらいかかります。とても遠い旅なのです。

マルコはアルゼンチン行きの船に乗るために港へ行き、持っていたわずかなお金を見せて、船長さんに話しかけました。

「船に乗せてください」

「このお金ではぜんぜん足りないよ。アルゼンチンまで乗せることはできないな」

しかし、どうしてもアルゼンチンのお母さんに会いたいという気持ちを伝えると、船長さんは心を打たれ、特別に船に乗せてくれることに

豆知識 一里は約3.9キロメートル、三千里は約1万1700キロメートルです。

なりました。マルコは感謝の気持ちをこめて、船にのっている間、一所懸命にはたらきました。長い船旅を終えて、ようやくアルゼンチンに着いたマルコは、お母さんがはたらくブエノスアイレスのお屋敷へ向かいました。しかし、お母さんはそのお屋敷にいません。

近所の人に聞くと、お母さんはお屋敷の人といっしょに、遠いコルドバという街へ引っ越したといいます。マルコは汽車に乗り、何日もかけてコルドバへ向かいました。

ところが、コルドバにもお母さんはいません。今度はツクマンという街へ引っ越したというのです。

でもマルコはあきらめません。

長い長い旅を続け、ついにお母さんのいる家にたどりつきます。マルコはようやくお母さんと会うことができました。ところが、お母さんは重い病気にかかって弱っていました。でも、マルコがたったひとりで三千里も旅して会いにきてくれたことがうれしくて、少しずつ元気をとり戻していきました。

やがて元気になったお母さんとマルコは、イタリアのジェノバへ戻り、お父さんやお兄さんと幸せに暮らしました。

想像してみよう あなたは、ひとりで旅に出られますか？

日本の名作
新美南吉

いたずらギツネのごめんなさい

ごんぎつね

ある森に、ごんという名前のキツネが1匹で暮らしていました。ごんはときおり村に現れては、いたずらばかりしていました。

ある日、ごんが川へ行くと、兵十という男が魚をとっています。うなぎや魚が、何匹かとれているようでした。ところが、いたずら好きのごんは、すきを見てぜんぶ逃がしてしまいます。

そのとき、兵十が戻ってきました。

「こらぁ、この盗っとのキツネめ！」

ごんは、あわてて逃げていきました。

それから十日ほどたち、ごんはまた村へやって来ました。兵十の家の前をとおると、だれか

のお葬式をやっています。どうやら、亡くなったのは兵十のお母さんのようです。兵十はお母さんとふたりだけで暮らしていたのでした。

「これで兵十も、おれと同じひとりぼっちか」

そうつぶやいたとき、ごんは気づきました。兵十は病気のお母さんに食べさせようと、うなぎや魚をとっていたのです。ごんは申しわけない気持ちでいっぱいになりました。

なんとかおわびをしたいと考えていたとき、向こうからイワシ売りがやってきました。

ごんは、イワシ売りが目をはなしたすきに、

豆知識 日本を代表する童話作家の新美南吉が18歳のときに書いたお話です。

ピカピカと光るいわしを5、6匹盗むと、急いで兵十の家へ向かい、裏口からそのイワシを投げこみました。

ところが、兵十がイワシを盗んだと勘ちがいされ、イワシ売りからなぐられてしまいました。

「これは、かわいそうなことをしちゃったな」

申しわけなく思ったごんは、山から栗やまつたけをとってきては、兵十の家に毎日置きました。兵十はふしぎがっていましたが、「神さまが自分のことを気の毒に思い、助けてくれているのかな」と考えるようになりました。

ある日、兵十が物置で作業をしていると、キツネが裏口から入ってくるのが見えました。うなぎを逃がしたあのキツネです。

兵十は火縄銃を持って、気づかれないように近よりました。そして「ドン」と打つと、ごんはパタリと倒れました。兵十がかけよると、ごんのそばに栗がたくさん置かれていました。

「なんということだ、いつも栗を持ってきてくれたのはおまえだったのか……」

ごんは目を閉じたまま、静かにうなずくと、やがて息をひきとりました。

想像してみよう　あなたなら、大切なものを盗られたら、どうしますか？

世界の名作
アンデルセン

あわとなって消えたはかない恋

人魚姫

海の底にある人魚のお城に、6人の姫が暮らしていました。一番下の人魚姫は、姉たちから人間の世界のお話を聞くのが大好きでした。

15歳になったら海の上に行ってもいいと、姉にいわれていた人魚姫は、その日が来るのをとても楽しみにしていました。

そして、いよいよ15歳の誕生日をむかえたある日のこと。人魚姫はワクワクしながら海の上へと泳いでいきます。

そこでパーティーをしている1そうの船を見つけました。楽しそうなパーティーを見ていたところ、とつぜん嵐が船をおそい、ひとりの王子が海に投げ出されてしまいました。

「たいへん！　助けなくっちゃ！」

人魚姫は王子を海から助け出して浜辺まで運

豆知識　作者のアンデルセンの失恋をもとにしたお話だといわれています。

び、見守っていましたが、女の人がとおりかかったため、あわてて海へ帰りました。

それから何日たっても、王子のことが忘れられない人魚姫。王子に会いたくて、海の魔女に人間にしてほしいとお願いしに行きました。

「その美しい声とひきかえに人間にしてやるよ。もしも、王子と結ばれなかったら、おまえは海のあわとなって消えてしまうからね」

そういって渡された薬を飲むと、人魚のしっぽはみるみる足に変わり、そのいたみで人魚姫は気を失ってしまいました。

目がさめると、そこは浜辺でした。目の前にはあの王子がいます。王子と会えて大よろこびの人魚姫ですが、とてもがっかりすることを聞いてしまいました。なんと王子は、もうすぐとなりの国のお姫さまと結婚するというのです。

「その姫は、嵐の日に海でおぼれたところを、この浜辺までつれてきてくれたんだ」

その姫というのは、あのとき浜辺をとおりかかった女の人でした。人魚姫は、助けたのは自分だと、こころの中でさけびますが、声が出ないため王子に伝えられません。

そして、結婚式の前の晩のこと。このままでは王子と結ばれず、人魚姫はあわとなって消えてしまいます。魔女との約束を思い出しながら海をながめていると、姉たちがやって来ました。そして、魔女のナイフを差し出して、「これで王子をころせば、あなたは人魚に戻れるわ」といいます。

人魚姫はナイフを受けとりましたが、王子をさすことはできません。

「さようなら、王子さま」

人魚姫は暗い海へ身を投げて、キラキラかがやくあわとなって消えていきました。

想像してみよう　あなたが人魚なら、薬を飲んで人間になりたいですか？

世界の名作
アンデルセン

マッチ売りの少女

大みそかの夜、奇跡の火がともる

雪のふりしきる、ある大みそかの夜。はだしの少女が、ふるえながらマッチを売っています。

「マッチはいかがですか。マッチはいかがですか」

今日はまだ、ひとつも売れていません。お腹はすいていましたが、このまま家に帰ったらお父さんに怒られてしまいます。

少女は寒さのあまり、マッチを1本つけました。シュッ――。

マッチの火が、まるであたたかいストーブのようです。しかし、火はすぐに消えてしまいます。

少女はもう1本マッチをつけました。すると、ぱっと明るくなり、まるで部屋の中のよう。テーブルの上で、おいしそうなガチョウの丸焼きが湯気をたてています。少女が近づこうとすると火は消えて、部屋もガチョウもなくなってしまいました。

豆知識 作者のアンデルセンは1枚の木版画を見てこのお話を思いつきました。

もう1本マッチをすりました。目の前に現れたのは、大きなクリスマスツリー。少女がたくさんのキラキラしたかざりに触ろうと手を伸ばすと、火が消えて、ツリーの光はふっと空へのぼっていきました。光は星のようにかがやき、そのうちのひとつは尾をひき、流れていきました。

「星がひとつ流れるとき、たましいがひとつ、神さまのところへのぼるんだよ」

少女は、死んだおばあさんの言葉を思い出しました。

「ああ、きっと今、だれかが死んだのね」

少女はまた、マッチをすりました。あたりは光につつまれ、その中におばあさんが立っていました。少女はおばあさんが消えてしまわないように、のこりのマッチを次々に燃やしました。

光はまぶしいほど明るくなり、おばあさんは、少女をそっとやさしく抱きかかえてくれました。少女は寒さもお腹がすいていたことも忘れ、なんだかあたたかい気持ちになってきました。ふたりをつつんだ光は、やがてフワリと空へのぼり、神さまのもとに向かったのです。

夜が明けて、新年の朝、町の人がこごえ死んでいる少女を見つけました。少女のほっぺは、ほんのり赤く、口はほほえんでいたのでした。

想像してみよう　少女は雪の中、どんな気持ちでマッチをすったのでしょうか？

世界の名作
ウィーダ

フランダースの犬

画家を夢見る少年のささやかな夢

ベルギーのフランダース地方の村に、ネロという少年がおじいさんと暮らしていました。おじいさんは、荷車に牛乳を乗せて街まで運ぶ仕事をしていましたが、生活はくるしいものです。

ある日、ネロとおじいさんは、道ばたで大きな犬が倒れているのを見つけました。年老いたこの犬は、飼い主にひどいあつかいを受け、捨てられてしまったのです。

ふたりは犬をつれて帰り、パトラッシュと名づけていっしょに暮らしはじめました。元気になったパトラッシュは、おじいさんに代わって荷車をひくようになりました。

ネロは、絵を描く才能にあふれた少年でした。村の教会には、ルーベンスという画家が描いた有名な絵がかざられていましたが、大きな布のおおいがかけられ、お金を払わないと見られません。ネロのささやかな夢は、この絵をいつか自分の目で見ることでした。

そんなある日、村の風車小屋が火事になりました。その小屋は、村一番のお金持ちである粉屋のものでした。

粉屋の娘はアロアという名前で、ネロととても仲よしです。しかし、アロアが貧しい家のネロと仲がいいのが気に入らない粉屋の主人

豆知識 ネロが見たかった絵は、キリストが描かれた絵です。

は、いつもネロにきつくあたっていました。

そして、風車小屋の火事もネロのしわざだといい出したのです。

村の人々もネロに冷たくなり、仕事も減り、生活はますますくるしくなりました。病気になったおじいさんの看病もまんぞくにできず、やがておじいさんは亡くなります。ネロも体が弱っていきました。

じつはネロは、描いた絵をコンクールに出品していました。結果はクリスマスイヴに発表されます。今のネロにとって、絵の入選だけが希望です。しかし、入選したのはお金持ちの子の絵でした。

かなしみにつつまれたネロが教会へ行くと、絵のおおいがはずされていて、月の光が絵を照らしていました。ネロはやっと、ルーベンスの絵を見ることができたのです。気づくと、パトラッシュがネロによりそっています。

翌朝、教会の冷たい床の上で、冷たくなっているネロとパトラッシュが見つかりました。ふたりはいっしょに天国へ旅立ったのでした。

想像してみよう　ルーベンスの絵を見たとき、ネロはどんな気持ちだったでしょう？

仲間をつれて鬼退治!

桃太郎

むかしむかし、あるところに、おじいさんとおばあさんが住んでいました。おじいさんは山へしばかりに、おばあさんは川へ洗たくに出かけました。

すると、川上から「どんぶらこ、どんぶらこ」と大きな桃が流れてきました。おばあさんは、それを拾って家に持ち帰りました。山から戻ってきたおじいさんも、あまりの大きさにびっくり。

「これはすごい、さっそく食べよう」と、おばあさんが桃を包丁で切ろうとしたときです。桃がパカッと二つにわれ、中をのぞくと赤ちゃんが元気に泣いているではありませんか。

子どもがいないふたりは大よろこび。桃から生まれた男の子なので、桃太郎と名づけられました。

桃太郎はたいせつに育てられ、すくすくと成長していきました。

豆知識 桃は邪気をはらい、不老不死の力を与える果実とされています。

そのころ、鬼ケ島の鬼が村であばれて、村人をくるしめていました。ある日、桃太郎はおじいさんとおばあさんに「ぼくは鬼ケ島へ行って、悪い鬼たちを退治してきます」と告げます。

「では、このきび団子を持っていきなさい」

桃太郎は、ふたりがつくってくれたきび団子を腰にさげ、鬼ケ島へと向かいます。すると、途中で犬とサルとキジに出会いました。三匹とも、きび団子を見て、「それをくれたら、鬼ケ島へおともします」と、いうのです。

こうして、三匹をおともにつれて、桃太郎は鬼ケ島に渡りました。そこには強そうな鬼たちがいますが、桃太郎たちはきび団子のおかげで元気いっぱいです。

「ぼくは桃太郎だ。鬼たち、覚悟しろ」

桃太郎は鬼たちをかたっぱしから退治します。その上、犬がかみつき、サルがひっかき、キジがつっついたので、鬼たちはすっかり降参してしまいました。

「宝ものをあげるので、かんべんしてください。悪いことはもうしません」

桃太郎は宝ものを荷車に乗せ、犬とサルとキジといっしょに村へ帰りました。

想像してみよう　あなたが鬼ヶ島に行くとしたら、どの動物をおともにしますか？

世界の名作
バーネット

開けてはいけない扉のカギを手に入れたら……

秘密の花園

日本から少しはなれたインドという国に、お父さんとお母さんを病気で亡くし、ひとりぼっちになってしまったメアリーという女の子がいました。かなしみにくれていたメアリーのもとに、イギリスから遠い親戚のおじさんがやって来ました。

「おじさんの屋敷でいっしょに暮らそう」

長い長い船の旅を経て、おじさんの屋敷にやって来たメアリー。ちょっぴり古いけど、この家にはなんだか秘密がたくさんありそうです。というのも、おじさんは100ある部屋にカギをかけていて、「メアリーの使う部屋以外は、決して開けてはいけないよ」なんていうのです。

それに、広い花園の扉も、決して開けてはいけないといわれました。

メアリーはその秘密が気になってしかたありません。召使いや屋敷に暮らす人にそのわけをたずねてみても、だれも教えてくれませんでした。あるとき、メアリーが庭で遊んでいたら、土の中から花園の扉のカギを見つけました。どうしても秘密を知りたいメアリーは、カギを持って、こっそ

豆知識　作者のバーネットが、荒れた庭を生まれ変わらせた体験をもとに書いたお話です。

り秘密の花園に行きます。

カギを開けて扉を開いた、そのときです。

メアリーの目には、青々と生い茂っている草木や、思わずうっとりとしてしまうような、かぐわしい香りのする美しいバラなど、たくさんの植物の姿が飛びこんできました。けれど、今まで10年もの間、手入れのされていなかった花園は、あれ果てていました。

「よし、わたしがこの花園を生き返らせよう！」

それからメアリーは、みんなには内緒で花園の手入れをはじめます。しばらくしてメアリーは、この花園は10年前に亡くなったおばさんが大切にしていたものであること、おじさんはおばさんを失ったかなしみから花園にカギをかけてしまったことを知りました。

そして、秘密はもうひとつあります。おじさんとおばさんには、コリンという子どもがいて、この屋敷で暮らしているというのです。病気で歩けず、あまり部屋からも出ないため、メアリーはコリンのことを知らなかったのでした。

ですが、メアリーは意を決して、コリンの部屋に

想像してみよう　カギを見つけたら入ってみたい場所はどこですか？

遊びに行きます。

「いっしょに秘密の花園に行こうよ！」

病気でふさぎがちだったコリンですが、メアリーに誘われ、車イスに乗って秘密の花園を訪れます。メアリーが手入れを続けていたおかげで、赤や黄色、すみれ色の花は風にゆれながら咲き、葉っぱはキラキラとかがやいていました。

「わあ、ぼく、この美しい花園を自分の足で散歩したい」

それからは特訓の日々です。コリンはごはんをたくさん食べて、体を強くしました。そしてついに、コリンは勇気を出して、車イスをおり、自分の足で歩いたのです。

「ぼくは元気になったんだ！」

その姿を見かけたコリンのお父さん。かがやくような笑顔で歩く息子の姿が、奥さんを失ったかなしみを忘れさせてくれました。

コリンのお父さんは涙を流しながら息子を抱きしめ、それからは仲のいい親子として幸せに暮らしました。

2 章

ワクワクする冒険のおはなし

世界の昔話「千夜一夜物語」

ランプをこすると魔神が現れる！

アラジンと魔法のランプ

アラジンという若者がお母さんと暮らしていました。ある日、魔法使いの男が現れ、アラジンを洞窟へつれていくと、「この奥に宝石がたくさんある。その中にランプがあるから、それをとってきなさい」といいました。

魔法使いからお守りの指輪を渡されたアラジンが中へ入ってみると、洞窟の奥には宝石がどっさり。アラジンは無事にランプを見つけ、宝石もたくさん抱えてひき返しました。

ところが、アラジンがランプを渡そうとしなかったため、魔法使いはアラジンを洞窟の中に閉じこめ、どこかに行ってしまいました。困ったアラジンが手をあわせて祈ると、お守りの指輪がこすれて魔神が出てきました。指輪の魔神は、「願いをひとつ

豆知識 千夜一夜物語は、アラビアンナイトの題名でも親しまれています。

かなえます」といって、アラジンを洞窟の外へ逃がしてくれました。

そうしてアラジンがランプを家に持ち帰ると、お母さんがランプを見つけます。「これを売っておいしいものを食べよう」と思い、ランプをきれいにみがきました。

すると、今度はランプから魔神が現れ、「ご主人さま、なにかご用ですか」といいました。なんでも願いをかなえてくれるというのです。

こうしてアラジンとお母さんは、ランプの魔神のおかげで、暮らしも豊かになりました。また、洞窟から持ち帰った宝石を宮殿にとどけ、お姫さまとも結婚することができました。

そんなある日、あの魔法使いが現れます。魔法使いはランプを盗むと、魔神に命令してお姫さまをつれてどこかへ消えてしまったのです。

アラジンがかなしんで手をあわせると、また指輪の魔神が現れます。アラジンは魔神に頼んで、魔法使いのところへつれていってもらい、お姫さまとランプをとり返し、魔法使いを退治しました。

アラジンは国へ戻り、王さまになって、お姫さまと仲よく暮らしました。

想像してみよう　あなたなら、魔神が現れたら、なにをお願いしますか？

世界の昔話

雲の上の大男から宝ものをうばいとれ！

ジャックと豆の木

むかしむかし、あるところに、ジャックという男の子とそのお母さんが暮らしていました。とても貧しかったふたりは、ある日、ついにお金がなくなり、ジャックが大事にしていた牛を売りにいくことになります。その途中、ひとりの男に会いました。

「ぼうや、その牛を売りに行くのなら、わたしの魔法の豆と交換しないかい？」

魔法という言葉につられたジャックは、牛とひとつぶの豆を交換し、大よろこびで家に帰りました。ところが、その話を聞いたお母さんはあきれて、豆を窓から投げ捨ててしまいます。

次の日、外に出たジャックはびっくり。きのう捨てられた豆がひと晩のうちに、てっぺんが

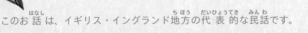

豆知識　このお話は、イギリス・イングランド地方の代表的な民話です。

見えないほど大きく成長していたのです。

「どこまで伸びているのだろう」

ジャックは木をズンズン登っていきました。どれくらい、登ったのでしょう。ついに、雲の上まで来てしまいました。雲の上に大きな家を見つけたジャックは、さっそくたずねてみましたが、だれもいません。すると、ズシン、ズシンと足音が聞こえてきます。ジャックはあわてて、暖炉にかくれました。

入ってきたのは大きな人食い男です。大男は金貨をうれしそうに数えていましたが、そのうち、ウトウトと眠ってしまいました。ジャックはそのすきに、金貨を持って帰りました。

何日かして、ジャックはまた豆の木を登り、大男の家へ行き、暖炉にかくれていました。

そこへ帰ってきた大男は、ニワトリを持っていました。ニワトリは大男の命令で次々に金の卵を産みます。ジャックはまた大男がウトウトしている間に、ニワトリを持って帰りました。

ジャックはほかにもお宝があるだろうと、また豆の木を登りました。

大男は、今度は金のハープを持ってきました。ハープは大男が命令すると、ひとりでにきれいな音色をかなでます。大男はその音色でまたまた眠ってしまいました。

ジャックがハープを持って帰ろうとすると、なんとハープが「ご主人さま！　どろぼうだ！」とさわぎ出しました。

目を覚ました大男が怒って追いかけてきます。ジャックは急いで豆の木をすべりおりると、おので豆の木を切ってしまいました。大男はまっさかさまに落ちて、死んでしまいました。

魔法の豆のおかげでお金持ちになったジャックは、お母さんと幸せに暮らしました。

想像してみよう　あなたなら、大切なものと魔法の豆をとりかえますか？

日本の昔話

小さい体でお姫さまを守る
一寸法師

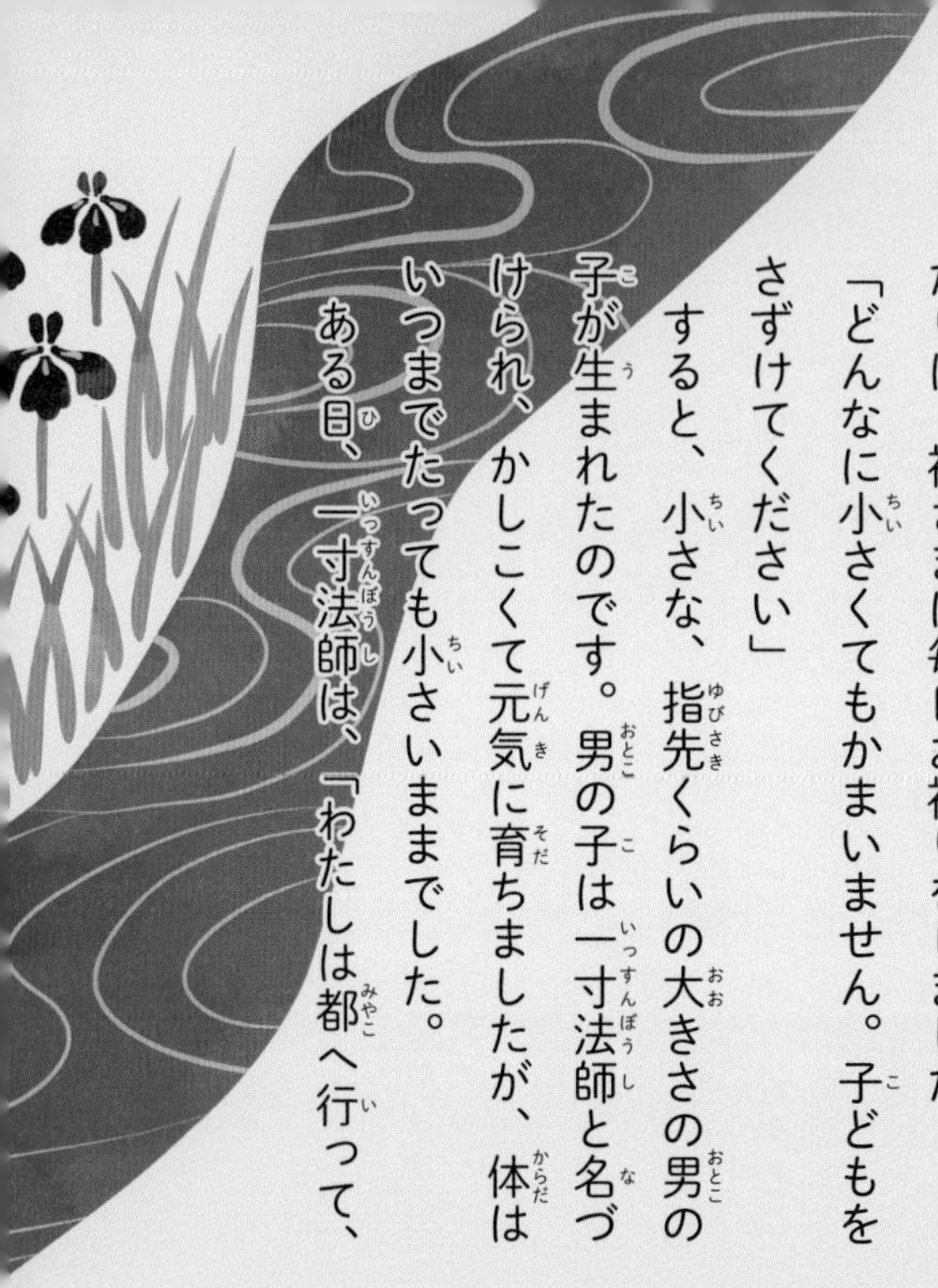

むかしむかし、あるところに、おじいさんとおばあさんがいました。子どもがいなかったふたりは、神さまに毎日お祈りをしました。

「どんなに小さくてもかまいません。子どもをさずけてください」

すると、小さな、指先くらいの大きさの男の子が生まれたのです。男の子は一寸法師と名づけられ、かしこくて元気に育ちましたが、体はいつまでたっても小さいままでした。

ある日、一寸法師は、「わたしは都へ行って、立派なお侍になってきます」といいだします。ふたりは一寸法師があまりに小さな体なので心配しますが、送り出してあげることにしました。一寸法師は針の刀を腰にさして、おわんの舟に乗って、都をめざしました。

都に着いた一寸法師は、行きかう人に何度もふまれそうになります。どうにか人混みをさけて、ある大きなお屋敷にたどり着きました。

「ごめんください。どうかここで、はたらかせてください」

出てきた家来は、「なんて小さい人だ！」と、一寸法師を見てびっくり。お屋敷の中に入ると、

豆知識　一寸は昔使われていた単位で、3センチメートルほどの長さです。

今度はお姫さまが、「まあ、かわいらしい。家来になってほしいわ」というので、一寸法師はお姫さまのそばに仕えることになりました。

一寸法師は、とてもまじめにはたらくので、お姫さまにとても気に入られました。

しばらくたち、一寸法師がお姫さまと神社に行ったときのこと。帰り道でとつぜん、お姫さまをねらった鬼が現れました。

一寸法師は、お姫さまを守ろうと立ち向かいます。ところが鬼は、「おまえになにができる」と笑い、一寸法師をヒョイとつまんで飲みこんでしまいました。

それでも、一寸法師はあきらめません。鬼のお腹の中を針の刀でチク、チクとつきました。鬼はたまらず、一寸法師をはき出して、逃げ去ってしまいました。

鬼が逃げ去ったあとには、打ち出の小づちが残されていました。それを拾ったお姫さま。「大きくなーれ、大きくなーれ」といってふってみると、なんと、一寸法師の体がどんどん大きくなっていくではありませんか。しまいには、大人と変わらないくらいになりました。

やがて、ふたりは結婚し、おじいさんとおばあさんを都によんで、仲よく暮らしました。

想像してみよう　あなたが一寸法師だったら、どうやって鬼を倒しますか？

世界の名作
ホフマン

ネズミの王さまから人形を助けた女の子

くるみわり人形

7歳の少女マリーはクリスマスに、少しかっこ悪いくるみわり人形をもらいました。その人形を気にいったマリーは、毎晩抱いて寝ました。ある晩、マリーの部屋にネズミの大群がやって来ました。そのうちの1匹は7つの頭を持つネズミの王さまです。すると、くるみわり人形が動き出し、ネズミと戦いはじめました。

次の日、マリーはみんなにそのことを話しますが、だれも相手にしてくれません。ただ、ドロッセルマイヤーおじさんだけは、マリーの話に耳をかたむけ、ふしぎな話を聞かせてくれました。

むかし、ある国のお姫さまがネズミにのろいをかけられて、くるみわり人形にされてしまいました。ある時計師の親せきの若者がのろいをとくことに成功するのですが、今度は自分がくるみわり人形にされ、助けたお姫さまからも捨てられてしまったのです。のろいをとくには、くるみわり人形が自分で7つの頭を持つネズミの王さまを倒し、自分を愛してくれる人を見つけなくてはなりません。

豆知識　作曲家のチャイコフスキーは、この話をもとにバレエ組曲をつくりました。

マリーは、その話にすっかり夢中でした。その時計師はドロッセルマイヤーおじさんのことで、のろわれた若者は、このくるみわり人形のことだと思ったのです。マリーは絶対にのろいをといてあげようと決めました。

その夜、またネズミがおそってきました。マリーはどうにかして助けようと、くるみわり人形におもちゃの剣を渡します。くるみわり人形は必死に戦い、とうとう7つの頭を持つネズミの王さまを倒すことができました。助けてくれたお礼にと、くるみわり人形はお菓子でできた人形の国にマリーを招待してくれました。

次の日の朝、マリーは人形の国のことをみんなに話しますが、やはりだれも相手にしてくれません。それでもマリーは、人形の世界のことばかり考えていました。

ある日、マリーはくるみわり人形にいいます。

「わたしがお姫さまだったら、助けてくれたあなたを、捨てたりしないわ」

いつの間にか、マリーは眠ってしまいました。気がつくと、若者が目の前にいて、マリーに「助けてくれてありがとう」と、結婚を申しこみました。マリーは若者と結婚し、人形の国のお姫さまになりました。

想像してみよう　あなたなら、大事にしている人形がネズミと戦いはじめたら、どうしますか？

世界の昔話
「千夜一夜物語」

空飛ぶじゅうたん

お姫さまに結婚を申しこんだ3人の王子

むかし、インドの国に、王さまと3人の王子、そしてていとこのヌーロニハルというお姫さまがいっしょに住んでいました。

いつしか、3人の王子は「ヌーロニハルと結婚したい」と願うようになります。そこで王さまは、「この世で一番めずらしいものを見つけてきた者に結婚を許そう」といいました。

さっそく3人の王子は、めずらしいものを探しに出かけます。長男のフーセインは空を飛べるじゅうたんを、次男のアリはどんなに遠くても見える望遠鏡を、三男のアーメッドは病気を治す魔法のリンゴを見つけました。

アリが望遠鏡をのぞくと、ヌーロニハルが病気でくるしんでいるのが見えました。3人は空飛ぶじゅうたんに飛び乗り、お城に着くと、魔法のリンゴで病気を治しました。

勝負がつかなかったので、今度は矢を一番遠くまで飛ばした者が結婚できることにします。

3人はいっせいに矢を飛ばしました。

一番遠くまで飛んだのはアーメッドでした。ただ、飛びすぎて矢が森の中で見つからなくなってしまい、しかたなく2番目に遠くまで飛ばしたアリに結婚が許されました。

アーメッドは、矢を探しに森の中へ入ってい

豆知識 魔法のじゅうたんは、ディズニー映画にも登場します。

きました。フーセインも空飛ぶじゅうたんで旅に出てしまいます。

　すると、アーメッドは森の中で、ペリパヌーという魔法の力を持つお姫さまと出会います。ふたりは結婚していっしょに暮らしはじめました。

　そんなとき、アーメッドのことがきらいな意地の悪い大臣が、王さまにうそをいいました。

「アーメッドさまは、ヌーロニハルさまと結婚できなかったことを根に持っていて、お城へせめてくるでしょう」

　大臣のうそを信じた王さまは、アーメッドに、「軍隊がすっぽり入って、たたむと手におさまる魔法のテント」や、「人食いライオンが住んでいる泉の水」など、むりなものを持ってくるよう次々に頼んで、アーメッドに失敗させようとします。しかし、ペリパヌーの魔法の力で、アーメッドはどれもやりとげてしまいました。

　やがて、アーメッドがお城に乗りこみ、大臣を追い出すと、王さまは大臣がうそをついていたことにやっと気づいてくれました。

　みんなは空を見上げて、旅をしているフーセインのことを思い出すのでした。

想像してみよう　魔法のじゅうたんがあったら、どこへ行ってみたいですか？

世界の昔話

魔法のアイテムをとり返せ！

北風のくれたテーブルかけ

むかしむかし、ある村に、元気な男の子と病気がちなお母さんの貧しい親子がいました。

ある日、男の子がパンをつくるために小屋に小麦粉をとりに行くと、北風がピューッと吹いて粉が飛ばされてしまいました。もう一度粉をとりに行っても、また北風に飛ばされてしまいます。怒った男の子は、粉を返してもらうため、遠く北の果てにいる北風に会いに行きました。

「北風さん、ぼくのだいじな粉を返してよ」

「すまない、粉は持ってないんだ。代わりになんでも出てくる魔法のテーブルかけをあげよう」

帰り道、すっかり暗くなったので、宿に泊まることにした男の子は、さっそくテーブルかけを使いました。

「テーブルかけ、ごちそうを出しておくれ」

テーブルかけが一度ひらりと舞うと、たくさんのごちそうが出てきました。男の子はお腹

豆知識　このお話は「北風をたずねていった男の子」という題でも知られています。

いっぱいになり、寝てしまいました。

　それを見ていた、この宿のおかみさん。男の子が寝ているすきにテーブルかけを盗み、ふつうの布とすりかえてしまいました。

　家に帰った男の子は、きのうと同じようにテーブルかけにお願いしますが、うんともすんともいいません。

　男の子はもう一度、北風のところに行きました。

「あのテーブルかけ、ちっとも使えないよ」

「それじゃあ、金貨を出すヒツジをあげよう」

　ヒツジをもらった男の子は、帰り道にまた同じ宿に泊まりました。男の子が「金貨を出してくれ」というと、ヒツジは口からジャラジャラと金貨を出しました。それを見たおかみさん。また男の子が寝ているうちに、ふつうのヒツジととりかえてしまいます。

　家に帰るとヒツジが出すのはフンばかり。男の子は、またまた北風のところへ行きました。

「北風さん、あのヒツジ、金貨を出さないよ」

「それなら魔法のステッキをあげよう」

　男の子は、またあの宿に泊まりました。

　夜遅くにおかみさんは、男の子が泊まっている部屋にしのびこんでステッキをとりかえようとします。そのとき、男の子がむくっと起き上がりました。寝たふりをしていたのです。

「おかみさんが盗んでいたんだね。ステッキ、おかみさんをこらしめて！」ステッキは、おかみさんをポカポカたたきます。

「いたい、いたい！　テーブルかけもヒツジも返すから許しておくれ」

　盗まれたものを持って帰った男の子は、お母さんと幸せに暮らしました。

想像してみよう　テーブルかけ、ヒツジ、ステッキのうち、ひとつもらえるならどれがほしいですか？

世界の昔話

親指トム

小さな体を生かして大冒険

むかしむかし、子どものいない貧しい夫婦がいました。どうしても子どもがほしかったふたりは、魔法使いマーリンに相談することにしました。

「たとえ親指ほどの大きさでもかまいません。どうか、わたしたちのところに子どもをさずけてください」

マーリンは魔法を使って、夫婦の願いをかなえてあげました。

まもなく、ふたりの間にほんとうに親指くらいの大きさの男の子が生まれました。夫婦はとてもよろこび、トムという名前をつけました。

トムの体はいつまでたっても大きくなりませんでした。それでも、トムは小さい体をいかした遊びやいたずら、ときには冒険をたくさんしました。

ある日、トムはお母さんと牧場に行きます。トムは小さいので、牧場の草でも体がすっかりかくれてしまいます。草をかき分けかき分け走りまわっていたら、さあたいへん。草といっしょに、牛にくわえられてしまいました。牛の口の中で、トムは大あばれ。牛がたまらずはき出したので、なんとか外に出られました。

豆知識　アーサー王は、5世紀後半にイングランドで活躍したとされる王さまです。

プリンのなべに落ちたことも、カラスにくわえられたこともありました。

ある日のこと。トムが川で遊んでいたところ、今度はサケに丸のみにされてしまいました。ところが、運よくそのサケは釣り上げられて、アーサー王のお城に運ばれました。

料理人が調理しようとサケのお腹をさくと、小さな人間が出てきて、びっくりぎょうてん。しかも生きています。ようやく外に出られたトムは、お城でもゆかいないたずらをくり返し、たちまち人気者になりました。

ついにはアーサー王にも気にいられ、トムはアーサー王の家来となります。そして、小さな体にぴったりの服と剣をつくってもらい、馬の代わりにネズミをさずけられました。

ネズミにまたがったトムは、アーサー王や家来たちとよく狩りに出かけました。

立派な家来となったトムは、お父さんとお母さんにたくさん親孝行し、毎日楽しく暮らしました。

想像してみよう　あなたの体が今よりとても小さくなったら、なにをしたいですか？

世界の名作
スウィフト

目が覚めたらそこは小人の国

ガリバー旅行記

イギリス人のガリバーは、船に乗って世界中を旅していました。あるとき、嵐に巻きこまれ、霧でまわりが見えなくなり、大きな岩にぶつかって船がこわれてしまいます。

ガリバーは、泳いで島にたどりつきますが、疲れきってそのまま眠ってしまいました。

目が覚めると、体中をロープでしばられ、あおむけになったまま動けません。よく見ると、小人たちがまわりに何十人もいるではありませんか。なにか話をしていますが、言葉はわかりません。

なんとか左手だけロープから抜けたので、手でごはんを食べるしぐさをして、お腹がすいたことを伝えてみました。すると、小人たちはお腹にかけたはしごを登って肉やパンをガリバーの口の中に入れてくれました。

小人たちは、いくつものかごで運んでくれるのですが、ガリバーが

豆知識 作者のスウィフトは、政治家秘書や司祭などの経歴を持つ風刺作家です。

ペロリとひと口で食べてしまうので、声を上げておどろきました。

やがて、ガリバーは小人たちと仲よくなり、ロープをはずしてもらって、自由に暮らすようになります。小人たちは、大きなガリバーを「人間山」とよびました。

そんなある日、小人の国の大臣が、ガリバーに相談にやってきます。となりの国がたくさんの船で攻めてきたので助けてほしいというのです。ガリバーは、争いごとはきらいでしたが、小人たちには助けてもらったので断れません。

海へ行ってみると、敵の船は50隻ありました。そこでガリバーは、釣り針のついた50本のひもを持って海に入り、50隻の船にひっかけて、あっという間に浜辺へひき上げてしまいました。

大よろこびした王さまは、「となりの国へ行って、ほかの船も取ってきてくれ」と頼みましたが、ガリバーが戦争の手伝いをすることはありませんでした。

そのうち、協力をしないガリバーをよく思わない大臣も増えてきて、だんだん居心地が悪くなってきました。

「そろそろ自分の国に帰るとするか……」

ある日、ガリバーはこわれたボートを見つけ、それをなおしてイギリスへ向かいました。ほんとうは、ポケットに小人を何人か入れて、国へつれて帰りたかったのですが、王さまが許してくれません。ガリバーはひとりで帰りました。

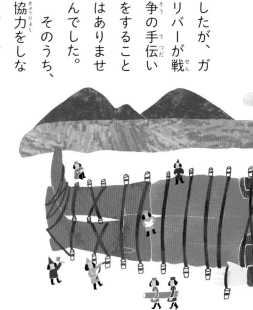

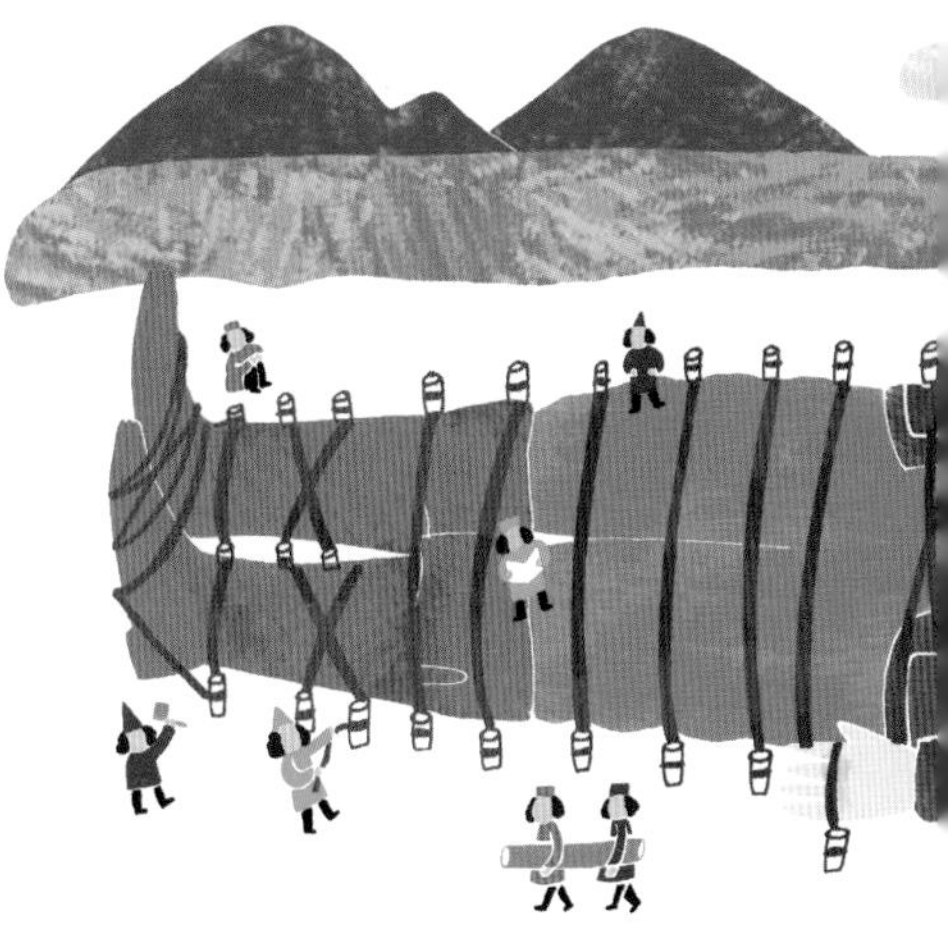

世界の名作
バリー

ピーター・パン

夜空を飛んで子どもの国へ行こう！

あるところに、ウェンディという9歳の女の子がいました。ウェンディには仲のいい、ジョンとマイケルというふたりの弟がいます。

ある日の夜、ウェンディの部屋にとつぜん、ピーター・パンという名の男の子が飛びこんできました。なにかを探しているピーター・パン。そして、「見つけた！」と黒いものをひっぱり出しました。影です。ピーター・パンは飛びまわっているうちに、自分の影を落としてしまったのです。

ピーター・パンが自分の体に影をくっつけるのに苦労していたので、ウェンディはピーター・パンの足に影をぬいつけてあげました。

「ありがとう。お礼にネバーランドにつれていってあげるよ。ずっと子どものままでいられるところなんだ」

ウェンディはジョンとマイケルを起こして、ふたりもつれていくことにしました。ピーター・パンは帽子から妖精ティンカー・ベルをとり出すと、粉

豆知識　ティンカー・ベルは、壊れたおなべやフライパンなどの金物を修理する妖精です。

を3人にふりかけ、「これできみたちも飛べるよ。さあ行こう！」と窓から飛び出しました。

ピーター・パンとウェンディたちは夜空を飛んで、子どもの国、ネバーランドをめざします。町をこえ、海をこえ、ようやくネバーランドに着きました。

ウェンディたちは、ネバーランドの子どもたちと楽しく遊んで毎日をすごしました。

それから、どれくらいたったでしょう。あるとき、海賊のフック船長が、ピーター・パンのいないすきにウェンディたちをさらってしまいました。

ピーター・パンは急いで海賊の船を追いかけます。なんとか船に追いついたピーター・パンは、フック船長に戦いをいどみます。キンッ、キンッとはげしく剣がぶつかりあい、ついに、フック船長を海につき落としました。船の下にいた大きなワニに、フック船長は食べられてしまいました。

ウェンディたちはピーター・パンにお礼をいいます。ところが、3人はだんだんお母さんに会いたくなってしまいました。ピーター・パンはさみしそうですが、3人は家に帰ることにしました。

空を飛び、海をこえ、町をこえると、お母さんが待つ家が見えてきました。

気がつくと、ウェンディはベッドの上で寝ていました。そして月日がたつにつれ、だんだんとピーター・パンのことを忘れてしまいました。

想像してみよう　あなたなら、ピーター・パンとどこへ行きたいですか？

日本の昔話

浦島太郎

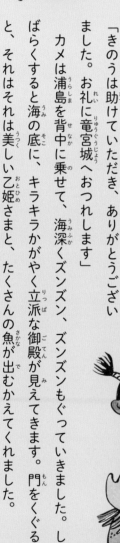

海の底の竜宮城ですごした楽しい時間

むかしむかし、浦島太郎という心やさしい漁師がいました。

ある日、浦島が浜辺へ行くと、子どもたちがカメをつかまえて、みんなでいじめていました。かわいそうに思った浦島は、「こづかいをあげるから、そのカメをわたしにおくれ」と、子どもたちからカメを受けとり、海へ逃がしてあげました。

次の日、浦島が釣りをしていると、海の上に、あのときのカメがひょっこり顔を出していいます。

「きのうは助けていただき、ありがとうございました。お礼に竜宮城へおつれします」

カメは浦島を背中に乗せて、海深くズンズン、ズンズンもぐっていきました。しばらくすると海の底に、キラキラかがやく立派な御殿が見えてきます。門をくぐると、それはそれは美しい乙姫さまと、たくさんの魚が出むかえてくれました。

豆知識 おじいさんになった浦島太郎が、その後、ツルになったというお話もあります。

「ようこそ竜宮城へ。どうぞ、ゆっくりくつろいでいってください」

御殿の中に案内され席に着くと、魚たちがおいしいお酒やごちそうを次々に運んできます。やがてタイやヒラメが現れ、気持ちのよい音楽にあわせて見事な踊りをひろうしてくれました。毎日が夢のような楽しい時間です。

そして、あっという間に3年の月日がたちました。ふと、浦島は家族や友達のことが気になり、村へ帰りたくなりました。

「それでは、おみやげに玉手箱を差し上げましょう。ですが、もう一度竜宮城へ来るときまで、けっして開けてはいけません」

浦島は乙姫さまと約束し、またカメの背中に乗って村の浜辺へと帰りました。ところが、どうも村の様子が変です。会う人はみんな知らない人ばかり。自分の家も見つかりません。

「浦島太郎の家を知りませんか？」と聞いてみても、だれも知る人はいませんでした。

ひとりぼっちの浦島は、さみしさのあまり、乙姫さまとの約束を忘れて玉手箱を開けてしまいました。すると、まっしろなけむりがモクモクモク。浦島はあっという間に、白いひげをはやしたおじいさんになってしまいました。

なんと、竜宮城での3年の間に、地上では30年もたっていたのです。

想像してみよう　もし竜宮城に行ったら、どんなことをしたいですか？

世界の名作
トウェイン

わんぱく少年に起こった夏の事件

トム・ソーヤの冒険

ミシシッピ川のほとりの小さな町に、トム・ソーヤという、10歳のわんぱく少年が住んでいました。

両親を亡くしたトムは、お母さんのお姉さんであるポリーおばさんにひきとられて暮らしています。

トムが一番仲よくしていたのがハックルベリー・フィンです。ハックは学校にも行けず、家もない生活でしたが、トムといっしょに木の上に小屋をつくったり、家出をしてミシシッピ川をいかだで下ったりと、いつも元気いっぱいに遊んでいました。

ある日の夜のこと。トムがベッドで寝ころがっていると、窓のほうからトントンと音が聞こえます。

「トム、今からお墓で肝だめしをしようよ」

ハックがさそうと、トムはこっそり家を抜け出し、ふたりでお墓に向かいました。真夜中なので、お墓はまっくら。ですが、なんだか人の気配がします。

「いやな感じがするな。家に戻ろう」

トムがそういったときです。見知らぬ男が草陰で、人をころしているではありませんか。そして、運悪く、トムはその男と目があってし

豆知識 このお話は、1876年にアメリカの作家のマーク・トウェインが発表しました。

まったのです。

「ぼくたちもころされる！

逃げろ！」

トムとハックは大急ぎで家に帰りました。殺人犯はついてきていないようです。ふたりはひと安心しました。

それからしばらくして、夏休みになりました。トムは同級生のベッキーとともに、観光用の洞窟で遊んでいました。

洞窟の中はコウモリでいっぱい。不気味な雰囲気にこわくなったトムとベッキーは、いつしか道に迷ってしまいました。

「どうしよう、ぼくたち帰れないかも……」

しばらく歩き続けていると、人影があります。声をかけようと近づくと、それはなんとお墓で見た殺人犯でした。

「に、逃げろーーー！」

トムとベッキーは大あわて。洞窟の中をグルグル、バタバタ、一目散に走り回ります。すると、視線の先に光が見えました。

「やった、外に出られる……！」

ふたりはなんとか無事に家までたどり着き、トムの証言で殺人犯はつかまったのでした。

想像してみよう　洞窟の中でこわい人に会ったら、どうしますか？

日本の昔話

クマも投げ飛ばす山一番の力持ち
金太郎

むかしむかし、足柄山の山奥に、金太郎という名前の男の子が住んでいました。金太郎は、生まれたときからとても力持ち。米だわらをほうり投げたり、まさかりで木を切り倒したり、山の動物たちとすもうをとったりして、楽しく暮らしていました。金太郎はとても強いので、何度すもうをとっても、ウサギもキツネもサルもシカも、だれもかないません。

ある日、いつものようにすもうをとっていると、グオーッというなり声とともに、大きなクマが現れました。

「おい、金太郎。おれと力くらべをしよう」

「よし、かかってこい！」

「はっけよい、のこった」

クマは金太郎の何倍も大きな体です。どちらも、しばらくうーんとふんばって、なかなか勝負がつきません。

「がんばれ、金太郎！」と、山の動物たちも応援していま

豆知識 金太郎は、金時豆、宇治金時の名前の由来になりました。

す。そんな中、金太郎が顔をまっかにして「とりゃあ！」と、とうとうクマを投げ飛ばしました。

「こりゃ、まいった」

それからはクマも、すもうの仲間に入りました。

それから何日かたったある日、みんなで山道を歩いていると、大きな川に出ました。川は深く、水がザアザア流れていますが、橋がかかっていないので向こう側に渡れません。

「どうしよう、ひき返そうか……」と動物たちは困ってしまいました。

「ようし、ぼくにまかせろ！」

金太郎はそういうと、近くに生えている大きな木にドーンッといきおいよく体当たり。すると、木はミシミシと音を立てて根元から折れてしまいました。金太郎は、その折れた木をかついでむこう岸にかけ、橋をつくりました。

「さすが金太郎！　ありがとう！」

動物たちはみんな、金太郎にお礼をいいながら、橋を渡りました。

その様子を遠くから見ていた人がいました。それは源頼光というお殿さまに仕える家来です。力の強さを買われた金太郎は、都へ行き、坂田金時と名前をあらためました。

そして、たくさん剣術のけいこをして、頼光の四天王とよばれるほど立派な侍になりました。

想像してみよう　もし金太郎のように力持ちだったら、なにがしたいですか？

ふしぎなお守りでやまんば退治

三枚のおふだ

むかし、あるお寺におしょうさんと小僧が住んでいました。秋になったある日、クリ拾いに行こうとする小僧に、おしょうさんは三枚のおふだを渡します。

「困ったら、このおふだに頼みなさい」

小僧はおふだを受けとって、裏山へ出かけて行きました。クリ拾いに夢中の小僧は、どんどん山の奥深くに入ってしまいます。

するとと、やさしそうなおばあさんがとつぜん現れ、「うちに来たら、好きなだけクリを食わせてるやるよ」というではありませんか。小僧は、おばあさんについて行き、お腹いっぱいクリを食べて、寝てしまいました。

ふと目がさめると、となりの部屋からシュル、シュルという音が聞こえてきます。ふすまを開けると、耳の下まで口がさけたやまんばが、包丁をといでいました。おばあさんの正体は、やまんばだったのです。

逃げなきゃと思った小僧は「おばあさん、便所へ行かせてくれ」と頼みます。そして、便所に入ると、壁におふだを一枚はり、「ぼくの

豆知識　やまんばとは、山奥に住んでいる人や動物を食べるおばあさんの妖怪です。

代わりに返事をして」と頼んで、窓から逃げ出しました。やまんばが「まだか」と声をかけると、「もうちょっと」とおふだが返事をします。

やまんばがしびれを切らして戸を開けると、なんとそこはもぬけのから。だまされたやまんばは、まっかになって小僧を追いかけます。

つかまりそうになった小僧は、二枚目のおふだを投げました。

「大きな砂山、出てこい！」

小僧がさけぶと、やまんばの前に砂山が現れました。やまんばは砂山を登るのに苦労していましたが、すぐに近づいてきました。

「大きな、大きな川になれ！」

三枚目のおふだをうしろに投げると、ふたりの間に大きな川が現れました。やまんばが川を渡る間に、小僧は、おしょうさんの待つ寺にたどり着きました。おしょうさんが小僧を中にかくすと、すぐにやまんばがやってきました。

「小僧を出せ。かくすと、おまえを食うぞ」

「わしと化けくらべをして、おまえが勝ったら食われてやる」「よし、なににでも化けてやる」

「じゃあ、そら豆に化けられるかな」

とたん、やまんばは豆つぶに化けました。おしょうさんはすかさずつかまえて、その豆つぶをもちにくるんで食べてしまいました。

想像してみよう　あなたなら、やまんばになにに化けろといいますか？

世界の昔話
「千夜一夜物語」

シンドバッドの冒険

仲間とはぐれた船乗りのふしぎな旅

むかしむかし、船に乗って商売をしながら島を渡り歩く、船乗りのシンドバッドという若者がいました。

船乗りの生活はとてもたいへん。太陽がギラギラとかがやく日は暑いですし、獣のように荒れる嵐の日の海ほど、こわいものはありません。そんな日々をすごしているうちに、シンドバッドはとある美しい島へたどり着きました。

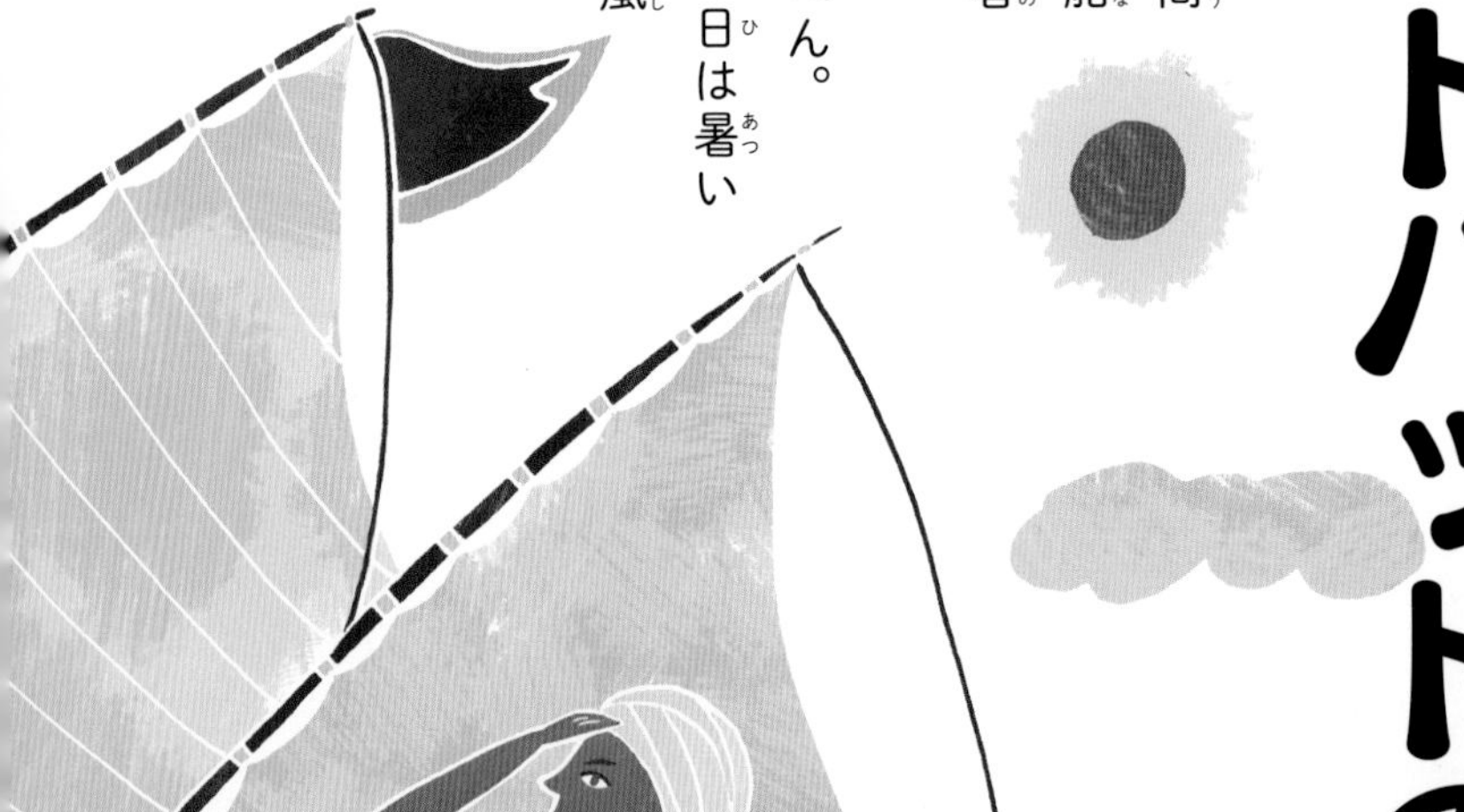

豆知識 「シンドバット」はアラビア語で「インドの風」を意味します。

そこはだれも住んでいない静かな場所。仲間といっしょに景色をながめながら歩いていると、すきとおる水があふれるきれいな泉があったので、そこでひと休みすることにしました。

「あれ……みんなどこに行ったんだ？」

気づくと、そばに仲間がいません。疲れていたシンドバッドはぐっすり眠ってしまい、その間に船に戻った仲間たちは、うっかり彼を置き去りにしてしまったのです。

「しまった！」

高い木によじ登り、海を見わたしましたが、船の姿はどこにもありません。シンドバッドは自力で仲間のもとに戻らなければならなくなりました。

シンドバッドが船に戻る方法を考えていたとき、とつぜんあたりが暗くなりました。シンドバッドが空を見上げると、とても大きな鳥が飛んでいます。その鳥はルフという名前で、ルフのひな鳥はゾウを食べて成長するという、ものすごく巨大な鳥です。

「そうだ、この鳥に、人間の住む土地まで運んでもらおう」

そう思いついたシンドバッドは、頭に巻いていたターバンをとって、自分の体をルフの

 想像してみよう あなたなら、ひとりでも冒険を続けられますか？

足にしばりつけました。するとルフは空高くまい上がり、しばらく飛び続けたあと、またおりていきます。

手早くターバンをほどいて、地面に飛びおりたシンドバッド。どうやらここは、高い山と山との谷あいのようです。あたりをぐるりと見回すと地面一面にダイヤモンドが転がり、キラキラとかがやいているではありませんか。

「わあ、すごい！　みんなに持って帰ってあげたいな」

そう思っていた矢先、シンドバッドの目の前にズシーンと大きなヒツジの肉が落ちてきたのです。

とつぜんのことに、シンドバッドは腰が抜けるほどびっくりしました。この肉は、なぜ急に空からふってきたのでしょう。

「そうか！　商人がここに肉を落とせばダイヤモンドがくっつく。その肉を食べたいハゲタカに拾わせて山まで運ぶというわけか。ということは、この肉が運ばれる先には商人がいる！」

そう気づいた瞬間、また大きな肉のかたまりが落ちてきました。シンドバッドはポケットがパンパンになるほどダイヤモンドを拾い、肉のかたまりにつかまります。まもなくハゲタカがおりてきて、その肉をつかみ飛び立ちました。

ハゲタカに運ばれ、無事に山に着いたシンドバッド。ダイヤモンドを待ちかまえていた商人たちにポケットのダイヤモンドを分けてやると、商人たちは大よろこび。シンドバッドが仲間のもとに帰るための船まで用意してくれたのです。

シンドバッドはその船に乗って、無事に自分の家に帰ることができたのでした。

3 章

考(かんが)える力(ちから)が育(そだ)つおはなし

日本の昔話

1本のわらを大切にしたらお金持ちになれる!?

わらしべ長者

むかし、あるところに貧乏な若者がいました。いくら働いても暮らしがよくならないので、お寺の観音さまに、もっといい暮らしができるようにと毎日お祈りをしていました。すると若者の前に、とつぜん観音さまが現れます。

「ここを出て最初につかんだものを持って、西へ行きなさい」

さっそく若者がお寺を飛び出したところ、石につまずいてころんでしまいます。そのひょうしに、若者はわらをつかんでいました。

「これのことかな」と思いながら、若者は観音さまのお告げどおり西へ向かいました。

しばらく歩いていると、どこからかアブが飛んできます。若者はアブをつかまえると、わらの先に結びつけました。

そのまま歩いていると、牛車に乗った子どもが、わらに縛られたアブをおもしろがって「あれがほしい」といいました。

若者がアブのついたわらを差し出すと、子どもの母親は「ありがとうございます」といって、お礼にみかんを3つくれました。

若者がみかんを食べようと思い、木の下で休もうとしたところ、どこかの娘さんがうずくまりながら、『のどがかわいた、水がほしい』と

豆知識 このお話は、平安時代末期の説話集『今昔物語集』に収められています。

くるしんでいました。

「このみかんをどうぞお食べください」

若者は娘さんにみかんをあげました。元気になった娘さんは、そのお礼にとても高価な絹の布をくれました。

さらに歩いていくと、馬をつれた侍に出会いました。馬は倒れこんだまま一歩も動けないようで、侍は困っています。

気の毒に思った若者は、「よかったらこの絹の布と馬を交換しましょう」といいました。もちろん、侍は大よろこびです。

心のやさしい男は、弱った馬をひと晩中かいほうします。するとどうでしょう。朝になると、馬はすっかり元気になったのです。

馬をつれてさらに西へ進むと、立派なお屋敷がありました。たくましく回復した馬を見た屋敷の主人は若者にいいました。

「これから旅に出るので、その馬を譲ってくれないか。その代わりに、この屋敷と土地を自由に使っていいから」

それから、屋敷の主人は何年たっても帰ってこなかったため、若者は田んぼや畑をたがやしながら、大きな屋敷で幸せに暮らしました。

想像してみよう　あなたの前にわらを持った人がいたら、なにと交換しますか？

世界の昔話
グリム

毒リンゴで倒れたプリンセスを助けて！

白雪姫

むかし、あるお城に、ひとりのお姫さまが生まれました。肌が雪のように白いお姫さまは、白雪姫と名づけられました。

白雪姫が生まれてすぐに、お妃さまが病気で亡くなってしまい、王さまは新しいお妃さまをむかえます。新しいお妃さまは、とても美しいのですが、とても負けずぎらいでした。

お妃さまはふしぎな鏡を持っていて、いつも鏡に話しかけていました。

「鏡よ鏡、この国で一番美しいのはだあれ？」

すると、鏡は答えます。

「この国で一番美しいのは、お妃さまです」

鏡の返事を聞いて、お妃さまは大満足。なぜなら、鏡は真実しかいわないからです。

何年かたつと、白雪姫はまぶしいほど美しく成長しました。そのころには、お妃さまがふしぎな鏡に問いかけると、鏡は決まって「この世で一番美しいのは白雪姫です」と答えるようになりました。

ねたましく思ったお妃さまは、狩人をよびだして、白雪姫をころすようにい

豆知識　このお話は、もともとドイツのヘッセン州に伝わる民話といわれています。

いつけました。けれど、かわいそうに思った狩人は、白雪姫を森へ逃がしてあげます。

森の中にはやさしくてはたらき者の7人の小人が住んでいて、白雪姫は彼らといっしょに暮らしはじめました。

ある日、お妃さまがまた鏡に問いかけました。

「この世で一番美しいのはだあれ？」

「小人たちと暮らしている白雪姫です」

鏡の答えで、白雪姫がまだ生きていることを知ったお妃さまは、もうカンカンです。お妃さまはリンゴ売りのおばあさんに化けて、毒リンゴをしのばせたカゴを持つと、白雪姫が住む小人の家に向かいました。

「おじょうさん。おいしいリンゴはいかが」

「まぁ、とてもおいしそう」

白雪姫は、おばあさんの差し出した毒リンゴをかじると、バタリと倒れてしまいました。

家に帰ってきた小人たちが見つけたときには、白雪姫は息をしていませんでした。小人たちはガラスのひつぎをつくって、泣きながら白雪姫を寝かせました。

そこへ、となりの国の王子さまがとおりかかります。

「なんて美しい人だろう」

王子さまは思わず白雪姫にキスをしました。すると、白雪姫の口から毒リンゴが転がり出て、白雪姫は生き返ったのです。

やがてふたりは結婚して、お城で仲よく暮らしました。

想像してみよう　あなたなら、ふしぎの鏡になにを聞きたいですか？

世界の昔話

三匹の子ぶた

オオカミにこわされないのは、だれの家？

あるところに、お母さんぶたと3匹の子ぶたが、家族で仲よく暮らしていました。ある日のこと。大きくなった3匹は、それぞれ自分の家をたてることになります。

一番上のお兄さんは、ワラで家をたて、真ん中のお兄さんは、木の枝で家をたてました。2匹の家はすぐにでき上がりました。

一番下の弟は、レンガで家をたてました。レンガは重いので、運ぶのも、積み重ねるのも、とても大変です。2匹のお兄さんは、いつまでたっても家ができない弟をのろまだとバカにして笑っていました。それでも弟はコツコツとレンガを積み上げ、じょうぶな家を完成させました。

ある日、山からお腹をすかせたオオカミがやって来ます。オオカミはまず、ワラの家に行きました。

「おーい、ぶたさん、開けておくれ」

オオカミだと気づいた一番上のお兄さんは、「おまえはオオカミだろ。開けないぞ！」と答えます。

オオカミは、それならばと、めいっぱい息をすいこむと、フーッと息を吹き、ワラの家を吹き飛

豆知識　2匹の兄はオオカミに食べられてしまうというお話もあります。

ばしてしまいました。一番上のお兄さんは、急いで真ん中のお兄さんの家に逃げました。追いかけてきたオオカミは、息をフーッと吹きましたが、今度は吹き飛びません。

2匹がほっとしたのもつかの間。オオカミは木の家に向かって、いきおいよくドーンッと体あたりをしました。さすがに木の家もバラバラです。2匹はあわてて、弟の家に逃げました。

また追いかけてきたオオカミは、フーッと息を吹きましたが、弟のレンガの家はゆれもしません。次に、オオカミはドーンッと体あたりをしましたが、やっぱりレンガの家はびくともしません。

「ちくしょう！　こうなったらえんとつから入って、3匹とも食べてやる！」

それを聞いた3匹の子ぶたは、暖炉に大きななべを置いて、たっぷりのお湯をわかしました。

なにも知らないオオカミは、えんとつからいきおいよく飛びおります。ボッチャーンとなべのお湯の中に落ちたオオカミは、グツグツにえてしまいました。

お兄さんたちは、「バカにしてごめんよ。助けてくれてありがとう」と、弟にあやまりました。それからは、レンガの家で3匹仲よく暮らしました。

 想像してみよう　あなたなら、なにで家をたてますか？

世界の名作
アンデルセン

いじめられっ子が大変身

みにくいアヒルの子

お日さまの光がふりそそぐ夏の日のことです。お堀のしげみの中で、アヒルのお母さんがあたためていた卵が割れ、中から黄色い色をしたかわいいひなたちが次々に顔を出しました。

最後に残った一番大きな卵もようやくかえりました。しかし、出てきたのはほかのひなとはちがう、灰色の、たいそう体の大きなみにくいひなです。

みにくいアヒルの子はどこへ行ってもいじめられます。いつしか、お母さんも「ほんとうにみにくい子だわ。いっそどこかへ行ってくれたらいいのにねえ」と、いうようになりました。

豆知識 白鳥の体の羽は、約2年かけて灰色から白色に抜け変わります。

「ぼくは、ここにいないほうがいいんだ……」

お母さんの言葉を聞いてかなしくなったみにくいアヒルの子は、みんなの前から逃げ出しました。ですが、どこへ行ってもきらわれてしまいます。みにくいアヒルの子は人目につかない場所を選びながら、遠くへと逃げ続けました。

季節はいつの間にか秋になりました。そんなある日、みにくいアヒルの子はこれまで見たこともないような、美しいものを目にします。

それは、白鳥のむれです。長くしなやかな首を伸ばし、まっしろな翼をはばたいています。

みにくいアヒルの子は、その美しい鳥たちが飛んで行く様子を見送りました。

「あんなに美しい姿で空を飛べたら、幸せなんだろうな」

やがて季節は冬になり、沼は凍りはじめました。住むところのないみにくいアヒルの子は冬の間、草むらの陰でじっとうずくまりながら、必死に寒さをがまんしてすごしました。

長い冬が終わり、日の光が出ている時間が長くなり、ヒバリの歌う声がどこからか聞こえてきます。やっと春が来たのです。

あたたかい雰囲気にうきうきしたみにくいアヒルの子は、翼をぐっと広げてみます。すると、体がふわりとうきはじめるではありませんか。

「ぼくも空を飛べるんだ！」

ふと水の上に目を落とすと、そこには美しい白鳥が映っています。じつは、みにくいアヒルの子はアヒルではなく、まっしろな美しい白鳥だったのです。

寒さに耐え忍んでいる間に灰色の羽が、白色の光りかがやく羽に抜け変わっていたのでした。

「あそこにきれいな白鳥さんがいるよ」

どこからか、アヒルの声が聞こえてきました。

想像してみよう　自分が白鳥だとわかったみにくいアヒルの子は、どんな気持ちだったでしょうか？

世界の昔話
ペロー

大きなお口に気をつけて
赤ずきん

むかし、あるところに、とてもかわいい女の子がいました。女の子はいつもまっかなずきんをかぶっていたので、赤ずきんとよばれていました。

ある日、赤ずきんは病気で寝ているおばあさんのおみまいに行くことになりました。おみまいのケーキを持って、おばあさんの家のある森にむかいました。それを見ていたオオカミは、おばあさんの家に先まわり。そして、寝ていたおばあさんをペロリと丸飲みにしてしまいました。

オオカミは、おばあさんの服とずきんを身につけ、ベッドの中で赤ずきんを待ちます。

そこへ赤ずきんがやって来ました。ところが、おばあさんの様子がいつもとちがうことに気づきます。

「おばあさんの耳、とても大きいのね」

「それはね、おまえの声をよく聞くためだよ」

豆知識　このお話は、フランスの詩人であるシャルル・ペローによってまとめられました。

「おばあさん、目も大きくて光ってるわ」
「それはね、おまえをよく見るためだよ」
「それからそのお口。こわいくらい大きいのね」
「それはね……おまえを食べるためさ！」

オオカミは赤ずきんに飛びかかり、おばあさんと同じように、ペロリと丸飲みにしてしまいました。お腹いっぱいになったオオカミは、そのまま寝てしまいました。

そこへ、ひとりの猟師がとおりかかりました。おばあさんの家からは、おかしないびきが聞こえてきます。中にはいると、おばあさんはおらず、大きなお腹のオオカミが寝ているではありませんか。おばあさんが食べられたと思った猟師は、助け出そうとオオカミのお腹をはさみでチョキチョキ切り開きました。すると、中から赤ずきんとおばあさんが出てきました。ふたりとも生きています。

しかし、このままオオカミが起きたら、また食べられてしまいます。赤ずきんは、急いで石をたくさん拾ってきて、オオカミのお腹につめると、おばあさんがオオカミのお腹をきれいにぬいあわせました。そして、はなれたところでオオカミが起きるのを待ちます。

しばらくして、目を覚ましたオオカミはのどがかわいたので、川に水を飲みに行きました。ところが、オオカミが水を飲もうとしゃがむと、石の重みで川にドボンと落ちて、おぼれてしまいました。

3人はひと安心。いっしょに、おいしいケーキを食べました。

想像してみよう　あなたなら、どうやってオオカミをこらしめますか？

日本の昔話

ねずみの嫁入り

世界一えらいのはだれ？

あるところに、ねずみの家族が住んでいました。世界一美しいといわれている自慢の娘がお嫁に行く年ごろになり、お父さんねずみとお母さんねずみは、だれと結婚させるかを相談していました。

「となりの若いねずみは、どうかしら」

「世界一美しい娘を、ねずみなんかにはやれん。世界一えらいお婿さんをもらわなくては」

お父さんねずみは、世界を明るく照らしているお日さまが一番えらいだろうと、お日さまに会いに行きました。

「世界で一番えらいお日さま。わたしの娘をお嫁にもらってください」

「すまないが、わたしなんかより雲のほうがもっとえらいよ。わたしがいくらがんばって照らしても、雲が出てきたらかなわない」

すると、お父さんねずみは雲に会いに行きました。

豆知識　このお話は、鎌倉時代から語りつがれています。

「世界で一番えらい雲さん。わたしの娘をお嫁にもらってください」

「わたしなんかより風のほうがもっとえらいよ。風に吹かれたら、ひとたまりもなく飛ばされてしまうからね」

そこで、お父さんねずみは風に会いに行きました。

「世界で一番えらい風さん。わたしの娘をお嫁にもらってください」

「わたしなんかより壁のほうがもっとえらいよ。わたしには壁を吹き飛ばすことはできないからね」

お父さんねずみは、今度は壁に会いに行きました。

「世界で一番えらい壁さん。わたしの娘をお嫁にもらってください」

「わたしなんかより、もっとえらい方がいるじゃないか。それはねずみさん、あなただよ。ねずみさんは簡単に、わたしに穴を開けるからかなわないよ」

お父さんねずみはびっくり。

「これはたまげた。ねずみが世界で一番えらいとは」

お父さんねずみは、ごきげんで家に戻ると、となりの家の若いねずみを娘のお婿さんにしました。娘はたくさんの子を生み、家族で幸せに暮らしました。

想像してみよう　あなたが一番えらいと思うのは、だれ（なに）ですか？

世界の昔話
イソップ

はたらかざる者、食うべからず

アリとキリギリス

あるところに、遊ぶのが大好きなキリギリスと、はたらき者のアリがいました。

夏の間、キリギリスは毎日のようにバイオリンをひいたり、歌ったりして、楽しく遊んでいました。

夏は虫が一番元気に動ける季節なのです。

「せっかくの夏なんだから、毎日を思い切り楽しまないとね」

キリギリスはそう考えていました。

いっぽう、アリのほうは、汗をかきながら、せっせとはたらいています。みんなで行列をつくり、巣に食べものを運んでいるのです。

「アリさん、アリさん。いったいなにをしているんだい？」

「キリギリスさんかい。ぼくたちは冬にそなえて食べものをたくわえているんだよ。ああ、いそがしい」

「冬だって？　ハッハッハ。まだずっと先のことじゃないか。

豆知識　もともとはキリギリスではなく、「アリとセミ」のお話でした。

今からそんなにはたらかなくたって、だいじょうぶだよ。おかしなことをしているね。もっと楽しまないと損だよ」

キリギリスはそう笑って、アリをからかいました。でも、アリはキリギリスのいうことに耳を貸さず、はたらき続けます。

やがて秋になり、涼しい風が吹きはじめましたが、それでもキリギリスははたらこうとしません。あいかわらずバイオリンをひいて、歌を歌いながら遊んでいます。

そのころには、アリはすっかり冬のしたくを終え、キリギリスが遊んでいるのをだまって見ていました。

そして、ついに寒い冬がやってきました。もうどこにも食べものはありません。

「さあ、これは困ったぞ。夏の草原はあんなに食べるものがあったのに、冬にはなんにもないよ。それに寒くてしかたない。そうだ、アリさんのところへ行ってみよう」

キリギリスは、アリに「食べものを分けてくださいよ」と頼みました。返事はこうでした。

「なにいってるんだい。ぼくたちがはたらいていたときに、あなたはからかったじゃないか。夏はバイオリンをひいて歌っていたんでしょう。だったら冬は踊ってみたらどうだい」

キリギリスはガッカリ。そして、夏にもっとはたらいておけばよかったと後悔したのでした。

想像してみよう　キリギリスにからかわれたとき、アリはどんな気持ちだったでしょう？

マーシャとクマ

クマにつかまった女の子の脱出作戦

むかしむかし、ロシアのとある村に、おじいさんとおばあさんといっしょに暮らすマーシャという女の子がいました。

「マーシャ、森へ野イチゴをつみに行こう」

近所に住む友達に誘われたマーシャは、森の中に入りました。森には野イチゴや木の実がたくさんなっています。おじいさんとおばあさんがよろこぶだろうと、マーシャは夢中になってつみました。

ふと気がつくと、友達たちの姿が見えません。

「ねーえ、みんな！　どこにいるのー」

大きな声で助けを求めながら歩いていると、一軒の小屋を見つけました。歩き続けてくたびれたマーシャは、小屋の中に入ってみることに。

「おやおや、かわいい女の子だね。今日からぼくのために、この家ではたらいてもらおう。逃げ出そうとしたら食べちゃうからな」

あら、たいへん。なんとその小屋は大きなクマの家だったのです。クマに捕らえられてしまったマーシャですが、こんなことではめげま

豆知識　ロシアを代表する昔話。アニメがユーチューブで約420億回再生されました。

せん。なんとかして帰る方法を考えます。すると、いいことを思いつきました。

「ねえねえ、クマさん。おじいちゃんとおばあちゃんに、お菓子を持っていってあげたいの」

「だめだ、ぼくが代わりに持っていくよ」

「わかったわ。この大きな箱にお菓子を入れるから持っていってね。でも、途中で箱を開けたらダメよ」

そしてクマが見ていないすきに、マーシャはさっと箱に入って、お菓子で体をかくしました。

それに気づかないクマは、箱を背負って村に向かいます。

そして、おじいさんとおばあさんの家に着いたクマが、ドアを叩いたそのときです。

「ワンワン！　ワンワン！」

クマの匂いを嗅ぎつけた犬が、クマに襲いかかります。犬が嫌いなクマは大あわて。走って森に帰ってしまいました。

外に出てきたおじいさんとおばあさんは、戸の前に置かれた大きな箱を見つけました。すると、「みんな、ただいま！」と、箱の中からマーシャが出てきたのです。

「マーシャ、無事だったんだね！」

3人は、また仲よく暮らしはじめたのでした。

想像してみよう　あなたならどうやってクマの小屋から逃げますか？

日本の名作
芥川龍之介

杜子春

お金で失敗した男の仙人修業

むかしむかし、中国に杜子春という青年がいました。杜子春は、かつては裕福な暮らしをしていましたが、お金を使い果たしてしまい、今は貧乏です。

ある日、都の西の門の壁によりかかり、ぼんやりと立っていると、ひとりの老人が現れました。杜子春は「今夜寝るところもないので、どうしたらいいものか。とほうにくれています」と悩みを打ち明けます。

「それはかわいそうだ。では、この夕日の中に立ってみなさい。おまえの影が地面に映る。その影の頭のところを夜中にほってみるといい」

老人にいわれたとおりにすると、地面から黄金がたくさん出

豆知識 このお話は、中国のお話をもとに芥川龍之介が書きました。

てきました。杜子春はお金持ちになり、集まった人たちと毎日お酒を飲んで遊びました。でも、お金を使い果たしてしまうと、人々は杜子春のもとを離れていきます。

杜子春は、また西の門の壁によりかかり、ぼんやりとしていました。すると、あの老人がふたたび現れ、こういうのです。「今度は影の胸のところをほってみなさい」

杜子春がいわれたとおりにすると、またもや黄金がたくさん出てきました。杜子春は、ふたたびぜいたくな暮らしをはじめますが、やっぱり何年かして、お金をぜんぶ使い果たしてしまいます。また、西の門に立っているとあの老人が姿を現します。杜子春はいいました。

「もうお金はいりません。あなたはきっと仙人ですね。わたしを弟子にしてください」

老人は杜子春を山の奥へつれていくと、がけの上に座らせ、「これからなにがあっても、けっして声を出してはいけない」といって、どこかへ行ってしまいました。

やがて、おそろしい虎や白い蛇が空から飛びかかり、かみなりや滝のような雨がおそいますが、杜子春はじっとがまんします。

最後に閻魔大王が現れ、杜子春の亡くなった両親をつれてきて、たたきはじめました。

杜子春はその光景にがまんできずに、「お母さん」とさけんでしまいます。気づくと杜子春は、西の門の前に立っていました。そこへ老人が現れ、やさしくこういいました。

「どうだ、もう仙人になろうなんて思わなくていい。おまえは人間らしく生きなさい」

杜子春は仙人から、山のふもとにある一軒の家と畑をもらい、そこでまじめに暮らしました。

想像してみよう　あなたなら、お金をたくさん手に入れたらなにをしますか？

世界の昔話
ペロー

シンデレラ

魔法がとけたあとに残ったガラスのくつ

むかしむかし、お母さんを亡くした娘のもとに、新しいお母さんとふたりの姉がやって来ました。

自分たちより美しい娘が気にいらないまま母と姉たちは、娘を一日中はたらかせたり、いじわるをしました。居場所のない娘は、暖炉の片すみに身をよせます。暖炉の灰をかぶるため、灰かぶり姫、シンデレラとよばれていました。

ある日、お城で舞踏会が開かれることになり、招待状がとどきました。王子のお嫁さんを選ぶため、国中の娘を招待したのです。姉たちは大よろこびでドレスを着て出かけますが、シンデレラは置いてけぼり。シンデレラが泣いていると、そこに魔法使いのおばあさんが現れました。

「今すぐ畑から、かぼちゃをとっておいで」

シンデレラはいわれたとおり、畑からかぼちゃを持ってきます。魔法使いが杖でたたくと、なんとかぼちゃが馬車に変身。さらに、ネズミを美しい馬に、シンデレラのボロボロの服をきれいなドレスに変え、最後にガラスのくつを用意してくれました。魔法使いが「真夜中の12時をすぎると魔法がとけてしまうからね」と告げると、シンデレラは急いでお城へ向かいました。

シンデレラがお城に着くと、とつぜん現れた美しい娘に、王子は心をうばわれます。王子はシンデレラをダンスにさそい、ふたりは夢中で踊りました。しかし、時間の流れはあっという間。12時の鐘が鳴りはじめてしまいました。「魔法がとけちゃう！」といって、シンデレラは急いでお城を出ますが、あわてて、階段でガラスのくつの片方を落としてしまいました。

もう一度シンデレラに会いたい王子は、家来にこのくつが合う娘を探すように命じました。

やがて、シンデレラの家にも家来がやって来ます。姉たちはくつをはこうとしますが、足が大きくて入りません。シンデレラが「わたしもはいていいですか」というと、姉たちは、はけるはずがないと笑います。ところが、くつはぴったり、シンデレラの足にはまりました。

ついに再会できた王子とシンデレラ。ふたりは結婚して幸せに暮らしました。

想像してみよう　あなたが魔法使いなら、シンデレラにどんな魔法をかけますか？

日本の昔話

野菜の色には、こんな理由がありました

にんじんとごぼうとだいこん

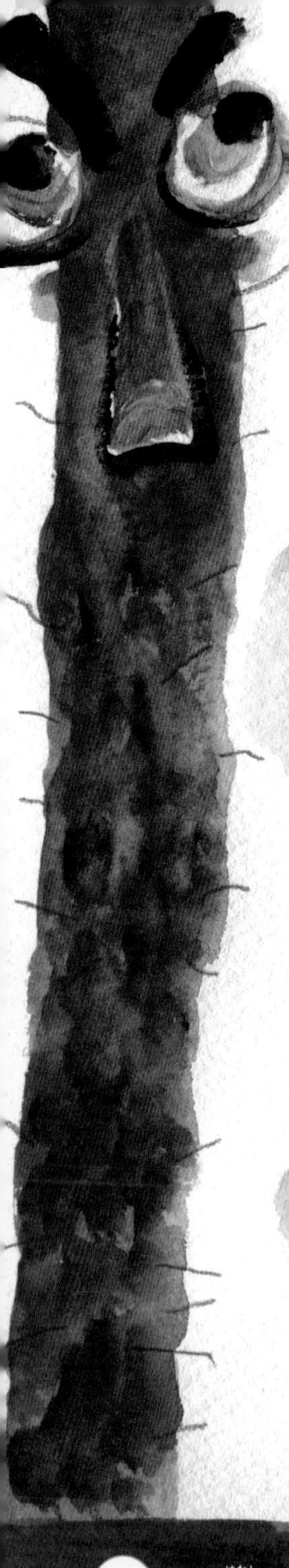

むかしむかしのお話。にんじんも、ごぼうも、だいこんも、もともとはみんな同じ、土のような色をしていました。泥んこのようにまっくろな3人は、仲よく暮らしていました。

ある日、3人はお風呂をわかして入ってみようということになりました。

協力して水をくみ、火をたき、湯かげんをみます。さあ、どうやらお風呂がわいたようです。

「だれから入ろうか」

だいこんがそういうと、「ぼくが行くよ！」と、にんじんがザブンとおふろに飛びこみました。ところが、あまりに熱いのでびっくり。

「おいおい、だいじょうぶかい」とだいこんが聞きますが、負けずぎらいのにんじんは「それはぼくに聞いてるのかい？　これくらいならへっちゃらだよ」とじっとがまんをしています。

豆知識　このお話は、「にんじんさんがあかいわけ」という題名でも知られています。

でも、ほんとうは熱くてたまりません。そのうち体がまっかになって、すっかりのぼせてしまいました。

その次に入ったのはごぼうです。じつは、ごぼうはたいへんな熱がり屋さん。

「あっちっち！」

お湯に入ったとたんにそういうと、すぐにお風呂から飛び出してしまいました。

「ごぼうさん、もう出るの？　もっとあたたまらないとだめだよ」

だいこんとにんじんがそういっても、ごぼうは聞く耳を持ちません。なにしろ、熱くてがまんできないのです。

体を洗わずにお湯から出てしまったので、泥んこのようなよごれがついたままでした。

最後に入ったのはだいこんです。だいこんはお風呂も好きでしたし、だれよりもきれい好きでした。

「ああ、いい気持ちだな。よーし、きれいに体を洗うぞ」

だいこんはていねいに体を洗いはじめました。

「ごしごし、ごしごし」

何度もくり返し体をこすっているうちに、泥のような色の体はまっしろになり、肌もつるつるになりました。

こうして今も、ごぼうはまっくろく、にんじんは赤く、だいこんはまっしろなのです。

想像してみよう　ごぼうが長い時間おふろに入っていたら、どんな色になっていたでしょう？

国うみ

神さまは、こうして日本をつくりました

むかしむかし、まだ日本という国ができ上がるまえの、神さまたちのお話です。

この世はまだ、空も海も、山も土も、風も火もない、ふわふわしたふしぎな世界でした。

そのうち、はじめて天と地が現れますが、できたばかりの大地は、まるで霧のようにゆらゆらとただよい、天と地の境目も、今のようにはっきりと分かれていませんでした。

そのうちに、空の一番高いところにある高天原という場所に、男と女のくみあわせの神さまが、次々に生まれはじめました。

その最後に生まれたのが、男の神さまのイザナギと、女の神さまのイザナミです。

高天原の一番えらい神さまが、イザナギとイザナミにこういいました。

「このふわふわとしている国を、おまえたちがつくり固めなさい」

そして、ふたりに天の沼矛という矛を渡しました。この矛は国づくりに必要な、神さまの大切な道具なのです。

ふたりが天の浮橋という空にうかんだ橋に立って下界を見おろすと、水にうかぶ霧のような、ぼんやりした様子が

豆知識　これは日本で一番古い歴史書「古事記」に載っているお話です。

うかがえました。

ふたりは矛をおろし、かきまわしてから、ひき上げてみました。すると、矛の先からポタリ、ポタリとしずくが落ち、そのしずくが重なって、やがて小さな島になったのです。

「この島をオノゴロ島とよぶことにしよう」

イザナギはそういうと、イザナミといっしょに、オノゴロ島へおりたちました。

そして、天の御柱というとても大きな柱と、八尋殿という立派な宮殿をつくり、そこで結婚式をあげることにします。

「なんと立派な男性でしょうか」

「なんと美しい女性だろうか」

ふたりが柱をまわりながらそうよびあうと、次々と別の島ができはじめます。

はじめは淡路島、次に四国、続いて隠岐島、九州、壱岐島、対島、佐渡島、そして最後は本州が生まれたのです。

島はぜんぶで八つでしたので、ふたりは大八島国とよぶようにしました。これが日本の国のはじまりです。

想像してみよう　あなたが神さまなら、どんな国をつくりたいですか？

日本の神話
「古事記」

黄泉の国

死んだ人の世界へ行った神さま

むかしむかし、男の神さまのイザナギと、女の神さまのイザナミは、結婚してたくさんの子どもを生みました。

神さまの子どもは山の神や川の神、風の神になったりしながら、だんだんと今の日本の形をつくっていきました。最後に生まれた子どもは火の神でしたが、そのときにイザナミは大きなやけどをおって死んでしまいます。

イザナミの死をみとめたくないイザナギは、死者の世界である黄泉の国へ、イザナミをつれ戻しに行きました。深い地の底にある黄泉の国はまっくらで、御殿の扉は閉じられています。

「愛するイザナミよ、国づくりは終わっていない。わたしといっしょに地上へ戻ろう」

扉のむこうのイザナミにそう語りかけると、返事がありました。

「わたしはもう、黄泉の国の食べものを食べてしまいました。死者の世界の食べものを口にすると、もとの世界には戻れないのです」

イザナギはあきらめきれません。何度も何度も、イザナミを説得しました。

「そんなにいうなら、わたしはこれから、黄泉の国の神さまたちに相談してみることにします。

豆知識　黄泉とは「地下の泉」から転じて、死者の世界を意味する言葉になったとされます。

その代わり、決して中をのぞかないでください」

イザナギは待ちました。しかし、いつまでたってもイザナミは戻ってきません。我慢ができなくなったイザナギは、扉を開けて中に入りました。

すると、そこには、変りはてたイザナミの姿がありました。骨と皮だけになったイザナミの体が、横たわっていたのです。

「見てしまったのですね。この姿は見られたくなかった。あなたを帰すわけにはいきません」

イザナギは一目散に逃げました。そして、黄泉の国とこの世との境までやってくると、大きな岩で道をふさぎました。

追いかけてきたイザナミは、「そういうことをするなら、わたしはこれから、あなたの国の人間を一日に1000人ころすことにします」といいました。

それを聞いたイザナギは「おまえがそういうことをするなら、わたしは一日に1500人を生むことにしよう」と返しました。

こうして、世界では命を落とす人もいるいっぽうで、生まれる人もいて、だんだん人が増えて世の中が繁栄することになったのです。

想像してみよう　黄泉の国は、どんなところだと思いますか？

世界の名作
アンデルセン

えんどう豆の上に寝たお姫さま

王子さまの嫁にふさわしいのはだれ？

むかしむかし、ある国にひとりの王子さまがいました。山に囲まれた大きなお城で、王子さまは立派な青年に育ちました。

王子さまは、そろそろお姫さまをお嫁にむかえたいと考えていました。ところが、この国の王さまとお妃さまはたいへんきびしく、ほんとうのお姫さまでないと結婚を許してくれません。

そこで、王子さまは世界中をまわってほんとうのお姫さまを探しましたが、なかなか見つけられません。

「ほんとうのお姫さまは、どこにいるのかな」

王子さまはすっかりつかれてしまい、国に帰ってきました。

ある日の夜、たいへんな嵐になりました。雨がザーザーとふり、風はゴウゴウとなっています。そんな中、お城の門をたたく音が聞こえてきました。家来が門を開けると、ひとりの若い娘がびしょぬれで立っています。

かわいそうに思った王子さまは、娘をお城に泊めてあげることにしました。

話を聞くと、その娘は近くの国のお姫さまだというのです。お妃さまは、お姫さまがほんとうのお姫さまかどうかをためしてみようと考え、ベッドにあるしかけをしました。

豆知識 アンデルセンの最初の童話集に収録されたお話です。

お妃さまは、お姫さまが泊まる寝室に行き、ふとんをすべてどかすと、ベッドの上にえんどう豆をひとつぶ置きました。そして、その上にしきぶとんを20枚、さらにその上に羽根ぶとんを20枚重ねます。お姫さまはそのベッドで眠りました。

次の朝、お妃さまはお姫さまにたずねました。

「きのうはよく眠れましたか？」

「いいえ、ぜんぜん寝つけませんでしたの。ふとんの下になにやら、かたいものがあったようで、体にあざができてしまいましたわ」

お姫さまはつかれた様子で、そういいます。

これで、このお姫さまがほんとうのお姫さまであることが証明されました。なぜなら、しきぶとん20枚、おまけにフワフワの羽根ぶとんを20枚も重ねたのです。それなのに、その下に置いたえんどう豆をいたがるほど繊細な人は、ほんとうのお姫さまとしか考えられませんから。

ようやくほんとうのお姫さまに出会えた王子さまは、大よろこびでこのお姫さまと結婚しました。そして、ふたりは仲よく、幸せに暮らしました。

想像してみよう　あなたなら、娘がほんとうのお姫さまどうかを、どのように確かめますか？

世界の昔話

盗人をつかまえた裁判官のお芝居

石の裁判

むかし、ある町に、正義感がつよい裁判官がいました。その裁判官がさんぽをしていると、ひどく落ちこんでいるひとりの男に会いました。

「いったい、なにがあったのですか？」

「石の上でうとうとしているすきに、今日かせいだお金を盗まれてしまったのです」

どうやら男は油売りらしく、手は油でベットリよごれています。裁判官は、手ぬぐいを男に差し出して、「わたしが、なんとかしてあげましょう」といいました。なにか考えがあるようです。

「あなたが寝ていたのは、この石の上でまちがいないですか？」

「はい、まちがいありません」

「よし、それでは、この石を裁判にかけます」

裁判官は、まじめな顔で石に話しかけました。

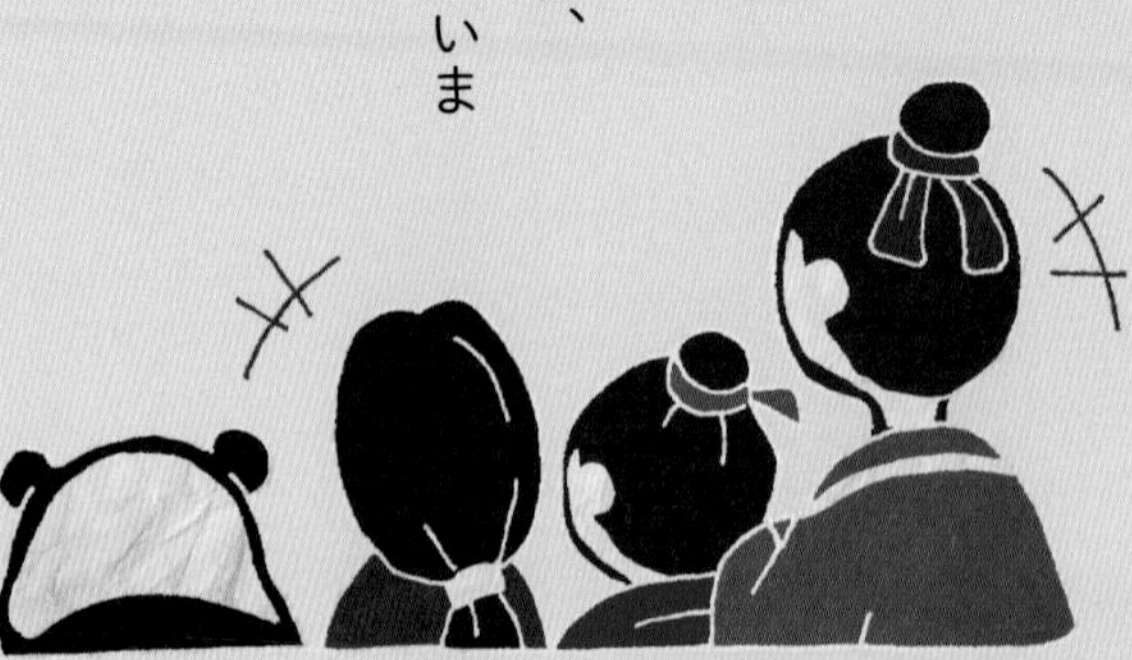

豆知識　犯人を見つけずに、代わりに集めたお金を渡すというお話もあります。

「そこの石。金を盗んだのはおまえだろう。正直にいいなさい」

もちろん、石はなにもいいません。

あまりにおかしな光景なので、近くにいた人たちは思わず、クスクスと笑ってしまいました。

すると、裁判官はふり返って、「裁判中に、笑うとはなにごとだ！　罰としてろうやに入れ！」

笑っていた人たちは大あわて。

「もうしわけありません。それだけはかんべんを」

「では、今回は罰金で許してあげましょう」

裁判官は、水を入れたかめを用意し、そこに罰金を入れさせました。

人々は順番に罰金をおさめていきます。そして、5人目の男がお金を入れたときのことです。かめの水にキラキラと油がうかんできました。

「盗んだのは、この男だ！」と、裁判官がさけびました。

男は走って逃げようとしましたが、町の人にとりおさえられます。

その男のサイフをしらべると、油まみれのお金が入っていました。いま払った罰金とあわせると、ちょうど盗まれたのと同じ金額です。

お金が戻ってきた油売りの男は、裁判官に何度も、何度もお礼をいいました。

想像してみよう　裁判官は、どうしてかめに水を入れたのでしょう？

世界の神話
ギリシア神話

アモールとプシケの物語

美しい娘に恋した神さま

あるところにプシケというとても美しい娘がいました。プシケは王さまの娘です。

みんながあまりにプシケの美しさをたたえるので、美の女神のヴィーナスは怒りました。

「人間が、わたしより美しいはずがないわ」

ヴィーナスは、息子で恋の神のアモールをよびつけ、プシケに矢を刺すようにいいつけます。アモールの矢が刺さると、プシケはみにくい男と結婚する運命をたどることになるのです。

しかし、アモールはプシケを大好きになってしまい、矢をはなつことができませんでした。

そんな中、王さまは、結婚相手を見つけようとしないプシケを心配しています。そこで、あるとき、太陽の神のアポロンのもとへ相談しに行きました。アポロンはこういいました。

「プシケは人間とは結婚できない。プシケの花婿は、全知全能の神、ゼウスさえもおそれるような神だ。プシケをすぐに岩山のてっぺんにひとりで行かせなさい」

王さまはがっかりし、いわれたとおりにしました。しかし、アポロンの話はうそだったのです。プシケを家族からひきはなし、自分のものにしたいと考えたアモールが、友達であるアポロンに、そういうように頼んだのでした。

豆知識　アモールの名は、英語読みのキューピッドとしても知られています。

プシケがかなしみにくれて岩山へ行くと、風が吹いてきてプシケをどこかへ運んでいきました。運ばれた先は立派な宮殿です。

「これからあなたは、ここで暮らすのですよ」

姿は見えませんが、宮殿の主人の声だけが聞こえました。この人がわたしの結婚相手になるのだとプシケは悟りました。

不安だったプシケですが、宮殿での生活は快適です。ただ、主人の顔だけは見られません。ここまで顔をかくすということは、とてもみにくい顔の人なのだろうと思いました。そしてある夜、プシケはランプを持って、主人の部屋に入り、その寝顔を見たのです。

そこには、背中に羽をつけた、とても美しい青年が眠っていました。アモールでした。

ふたりはお互いに愛しあうようになり、幸せに暮らしました。

想像してみよう　プシケはどんな気持ちで、宮殿ですごしていたのでしょう？

日本の昔話

鬼との約束をやぶったら……

大工と鬼六

ある村の真ん中に、とても流れが早い、大きな川が流れていました。橋を何度かけても、すぐに流されてしまうため、腕のいい大工の名人でさえ、なすすべなく、とても困っていました。

「どうした。そこでなにを考えているんだ」

大工が途方にくれていると、とつぜんどこからか声がしました。おどろいて見わたすと、水の中からぶくぶくと、大きな鬼が出てきたのです。

「ここに橋をかけようと思ってるんだ」

大工がそう答えると、鬼は笑いました。

「いくら名人でも、この川に橋はかけられねぇ。このおれなら、できるけどな」

「じゃあ、代わりに橋をかけてくれ」

「かけてもいいが、おまえの目玉とひきかえだ」

大工はおどろきましたが、どうにかなるだろうと、その条件をのみます。

何日かたって、あの川に向かうと、じつに立派な橋ができあがっていました。

大工はこわくなり、あわてて山のほうへ逃げ出しました。

豆知識　古来より、鬼はほんとうの名前を当てられると魔力が消えるといわれています。

山の中をうろうろ歩いていると、遠くから子どもの歌声が聞こえてきました。

鬼六どうした　橋かけた
かけたらほうびに　目玉もってこい

大工はその歌を聞いていいことを思いつき、安心して、家に帰りました。

次の日、川へ行くと、鬼が出てきていいます。

「さあ、すぐに目玉をよこせ」

「まあ、お待ちください。目玉をとられては、あしたから大工の仕事ができません。ほかのお礼でごかんべんください」

「いくじのないやつめ！　じゃあ、ためしに、おれの名前をあててみろ」

大工は歌を聞いていたおかげで名前を知っていましたが、わざとでたらめに、「うーん。鬼吉か、鬼助か、鬼太郎か……」と答えます。

それを聞いた鬼は、ちがう、ちがう、とおもしろそうに笑います。大工はいくつもでたらめな名前をいって、鬼を笑わせました。

しかし、そのうち鬼があきて、こわい顔に……。そのとき大工はありったけの声をはり上げて、

「鬼六！」

とさけびました。

「わあ！　なんでわかったんだ！」

そのとたん、鬼は川に倒れこんで、二度と出てこなくなりました。

想像してみよう　あなたなら、自分の代わりに、鬼に橋をかけてもらいますか。

娘をとられた母のかなしみ
冬ができたわけ

全能の神ゼウスと、大地の女神デメテルには、ペルセポネという美しい娘がいました。

ある日、ペルセポネが妖精と花をつんでいると、地面が大きく割れて、黒い馬車と死者の国の王、ハデスが現れました。ペルセポネを妻にしたいハデスは、力ずくでペルセポネを死者の国へつれていってしまいます。

娘がとつぜんいなくなり、母のデメテルは泣きさけびながら世界中を探しまわりましたが、見つけることができません。

やがて、デメテルは太陽の神ヘリオスから、娘がハデスにつれ去られたことを知らされます。

ハデスはペルセポネを本気で好きなようなので、もう戻すつもりはないとのことでした。そんなことをいわれても、デメテルはとうてい納得できません。

全能の神であり、ペルセポネの父でもあるゼウスに「なんとかしてほしい」とお願いしたところ、なんとゼウスの答えは「おたがいが認めあった結婚なので、しかたないだろう」というものでした。

ショックのあまり、デメテルは仕事をほうって、洞窟の中に閉じこもってしまいました。

豆知識　ペルセポネはギリシア神話に冥界の女王として登場します。

大地の神であるデメテルがいなくなったことで、花はすべてかれ、種をまいても草木は育たなくなり、いつも冷たい風が吹きすさぶようになりました。このままでは作物が育たず、世界から食べものがなくなり、人間もみんな死んでしまいます。

困ったゼウスは、ハデスをくり返し説得しました。こうなるとハデスもいうことを聞くしかありません。

とはいえ、ハデスにも考えがありました。ペルセポネに、「これでも食べて帰りなさい」と、死者の国でとれたザクロを渡したのです。

じつは、死者の国の食べものを口にすると、もとの地上には戻れないのです。そうとは知らず、ペルセポネはザクロを3粒だけ食べてしまいました。

このため、1年のうち9カ月は母のもとに帰ることができますが、3カ月はハデスのもとに戻ることになってしまったのです。

冬の寒い3カ月は、ペルセポネと離れ離れになったデメテルが、洞窟に閉じこもってかなしんでいる季節。こうして世界に冬ができたのでした。

想像してみよう　もし冬がなかったら、どのような世界になっていたでしょう？

日本の名作
小泉八雲

雪女

吹雪の日に出会った美しい娘との約束

むかしむかし、雪がたくさんふる北国でのお話です。あるところに、茂作とおの吉という木こりの親子が住んでいました。あたり一面に雪景色が広がる季節になると、食糧を集めるために、ふたりは山に出かけます。

ある日のこと。いつものようにふたりで雪山へ入ると、帰り道の途中で、とつぜんあたりがまっくらになり、ひどい吹雪になりました。

「どうしたもんか、これじゃ前が見えない」

家への帰り道もわからず、山の中をさまよっていると、小さな山小屋を見つけました。

「よし、今日はここに泊まらせてもらおう」

持っていたマッチでいろりに火をつけると、山小屋の中はあたたまり、ふたりは眠ってしまいました。

豆知識　雪女の起源は室町時代。越後国（新潟）で見たという伝承が残されています。

吹雪はますますはげしくなり、冷たい風が吹きつけてきました。

「さ、寒い……」

あまりの寒さに、おの吉は目を覚ましてしまいました。でも、目が覚めた理由はそれだけではありません。なんだか小屋の中に人がいる気配がしたのです。

「だれか、そこにいるのか？」と、おの吉がよびかけると、白い着物を着た美しい女が姿を現しました。

「お、おまえは、雪女か……？」

雪女は眠っている茂作の横に立つと、ふーっと白い息を吹きかけます。すると、茂作の体はどんどん白くなり、凍りついてしまいました。

「おれはまだ生きたい。助けてくれ！」

必死で逃げようとするおの吉に、雪女はささやきました。

「お望みどおり、命は助けてあげます。でも、今夜のことをだれかに話したら、そのときはあなたの命を奪いに来ますからね」そういい残すと、雪女は吹雪の中に消えていきました。

おの吉のとなりで茂作は氷のように冷たくなっていて、もう息をしていませんでした。

想像してみよう　あなたなら、人に話してはいけない秘密をだまっていられますか？

明くる年の雪の夜、おの吉は、お雪という名の美しい娘と出会いました。話をしているうちに仲よくなったふたりは、やがて夫婦になり、かわいい子どもが生まれて幸せに暮らしていました。

お雪はいつまでも若くて美しいままだったのですが、体が弱く、暑い日は家から出られません。太陽の光にあたると、よろよろと倒れてしまうのです。だから、お雪は家の中ですごすことがほとんどでした。

ある吹雪の夜、針仕事をしているお雪の横顔を見たおの吉は、ふと雪女に出会った夜のことを思い出しました。

「むかし、雪の日に親父と山に入ってね……」と、おの吉はあの晩のことをすっかり話してしまいます。

「あなた、とうとう話してしまいましたね！　わたしがあのときの雪女です」

お雪はかなしそうにいいました。お雪の着物は、いつのまにか白くなっているではありませんか。約束をやぶられたお雪は、もう人間ではいられないのです。

「子どもがいるから、あなたの命は奪いません。でもわたしは、もうここにはいられません。さようなら」

玄関の戸を開けると、外は吹雪でまっしろ。その中にお雪は消えて、二度と戻ってきませんでした。

4 章

親子で笑える楽しいおはなし

穴の中から聞こえてくるかわいい歌声

おむすびころりん

ある日、おじいさんが山にしばかりに行きました。そのうちお昼になったので、お弁当を食べることにします。

「さてと、おばあさんがにぎってくれたおむすびを食べるとするか」

そういって、包みを広げたときです。おむすびがひとつ地面に落ちて、ころころと坂道を転がり、穴へストンと落ちてしまいました。

「ああ、なんてこった」

そういっておじいさんが穴をのぞくと、穴の中から楽しげな歌が聞こえてきました。

おむすびころりん　ころころりん
ころりんころりん　すっとんとん

「かわいい歌だなあ。だれが歌っているんだろう？　どれ、もうひとつ落としてみようか」

すると、また歌が聞こえてきます。もっと聞きたくて、持ってきたおむすびを全部穴へ入れてしまいました。

次の日、おじいさんは、おばあさんにきのう

豆知識　ネズミは「根住み（黄泉の国の住人）」といわれていました。

よりも多くおむすびをつくってもらい、山へ行きました。お昼になるのを待って、おむすびを穴へ落とすと、そのたびに歌が聞こえてきます。

もっと歌を聞きたくなったおじいさんは、穴の中へ入ってみることにしました。するとそこには、たくさんのネズミがいたのです。

「おじいさん、おいしいおむすびをたくさんありがとう。今度はわたしたちが、おもちをごちそうするので、たくさん食べてください」

ネズミたちは歌を歌いながら、もちをつくと、おじいさんに渡しました。

「歌もおもちも絶品じゃ！」

おじいさんはごちそうになった上に、ネズミたちからおみやげの箱をもらいました。帰って開けてみると、大判小判がザックザク！

その話を聞いた、となりのよくばりじいさん。

「この穴の中にいるのか。おどかしてやろう」

そういうと、大きな声で「ニャー！」と、猫のまねをしました。おどろいたネズミたちは穴から逃げ出しました。そのすきに、よくばりじいさんは穴に入って小判を盗もうとします。それを見つけたネズミたちは、よくばりじいさんにかみつきました。

いたさのあまり逃げまわっているうちに、よくばりじいさんはモグラになってしまいました。

想像してみよう ネズミたちは、どんな歌声で歌っていたのでしょうか？

日本の昔話

どろぼうよりもオオカミよりもこわいもの

ふるやのもり

むかし、あるところに、馬といっしょに暮らしている、おじいさんとおばあさんがいました。

生活は貧しかったため、家はボロボロです。

ある雨の夜、馬を盗みにやってきたどろぼうが、天井うらにしのびこみました。

「よしよし、じいさんもばあさんも、もう少ししたらぐっすり眠るだろう。そのすきに馬を盗んでやるぞ」

すると、今度はその家へ、1匹のオオカミがやってきました。馬を食べにきたのです。

「よしよし、じいさんとばあさんが眠ったら、そのすきに馬を食べてやるぞ」

どろぼうはオオカミがいることに、オオカミはどろぼうがいることに気づいていません。

夜もふけ、おじいさんとおばあさんは、ふとんに入りながら、話しはじめました。

「なあ、ばあさん。世の中でなにがこわいって、『ふるやのもり』ほどこわいものはないな」

「ほんとだねえ、おじいさん。こんな夜は『ふるやのもり』がきっと落ちてくるよ」

「ああ、そろそろ落ちてくるころだな」

それを聞いたオオカミは思いました。

「ふるやのもりってなんだ？　そんなにおそろしいのかな。そろそろ落ちてくるって？」

豆知識　このお話のルーツは、インドの寓話集だといわれています。

いろいろ考えているうちに、だんだんこわくなってきたオオカミは、今夜はひとまず退散することに決めました。

そして、ヒョイっと逃げようとしたオオカミを見た天井うらのどろぼうは、てっきり馬が逃げたのだと勘ちがいして、オオカミの背中に飛びおりました。おどろいたのはオオカミです。

「わあ、ふるやのもりが落ちてきた！」

いっぽう、どろぼうのほうは「絶対に馬を逃がさないぞ！」とオオカミにしがみつきます。こうしてどろぼうとオオカミは勘ちがいをしたまま、猛スピードでどこかへ行ってしまいました。

おじいさんがつぶやきました。

「おや、ふるやのもりがはじまったぞ」

「ふるやのもり」というのは、古い家の屋根から漏れる雨漏りのことでした。

想像してみよう　あなたが一番こわいものはなんですか？

世界の昔話
イソップ

だれにもいえない秘密をさけんだら……

王さまの耳はロバの耳

むかしむかし、ある国に、いつも帽子をかぶっている王さまがいました。しかし、帽子が好きなわけではありません。じつは、王さまの耳はロバの耳で、それをかくしているのです。

ある日、髪が伸びてきた王さまは、お城に理髪師をよびました。

「これから見ることは、けっして人にいってはならぬ。もし約束をやぶったら命はないと思え」

そういって帽子をとった王さまの耳を見て、理髪師はびっくりです。よけいなことをいったらころされてしまうと思った理髪師は、ビクビクしながらだまって髪を切りました。

髪を切り終わってお城を出たあとも、理髪師は約束どおり、王さまの耳はロバの耳だとだれにもいいませんでしたが、秘密をためこむうち

豆知識 西洋のお話の中では、ロバはおろか者をあらわします。

に、病気になってしまいました。

医者に行くと、「秘密を打ち明ければ楽になる」といわれますが、だれかに話したら命はありません。しかたなく、草むらの穴に顔をつっこんで、さけぶことにしました。

「王さまの耳はロバの耳！　王さまの耳はロバの耳！」

秘密を声に出してすっきりした理髪師は、ごきげんで家に帰りました。

ところが、しばらくしてから、あるうわさが流れます。草むらに行くと、風が吹くたびに、草がおかしなことをささやくというのです。

「王さまの耳はロバの耳。王さまの耳はロバの耳」

うわさは国中に広がり、やがて、王さまの耳にもとどきます。この秘密を知っているのは理髪師だけですから、王さまはカンカンです。

しかし、国中に知れ渡った以上かくしておくこともできません。王さまは帽子をとって、ロバの耳を国民に見せることにしました。そのとき、「国の人々の声がよく聞こえるように、大きな耳をしているのだ」といったので、王さまはそれまで以上に国民にしたわれるようになりました。

そして、はじめは理髪師に怒っていた王さまでしたが、秘密を話すきっかけをくれたことに、とても感謝しました。

想像してみよう　あなたなら、王さまのロバの耳を見てしまったら、どうしますか？

日本の昔話

おもちで力持ちになったやせねずみ

ねずみのすもう

むかし、あるところに、貧しいおじいさんとおばあさんがいました。

ある日、おじいさんが山へしばかりに行くと、どこからか声が聞こえてきます。

「はっけよい、のこった、のこった、のこった!」

ふしぎに思ったおじいさんは、声が聞こえるほうをのぞいてみました。すると、2匹のねずみがすもうをとっているではありませんか。

「なんと! やせているほうは、うちに住んでいるネズミじゃないか」

すもうの相手は、長者の家に住んでいる太ったねずみでした。やせたねずみは力がなく、いつも太ったねずみに投げ飛ばされてしまいます。

おじいさんは家に帰るとおばあさんに、ねずみがすもうをとっていた話をしました。

「うちに住んでいるやせたねずみが、すもうに負けてばかりでかわいそうじゃ。もちでも食べさせて、力をつけてやろう」

おじいさんとおばあさんは、さっそくおもちをついて、やせたねずみがいる戸棚に置いておきました。

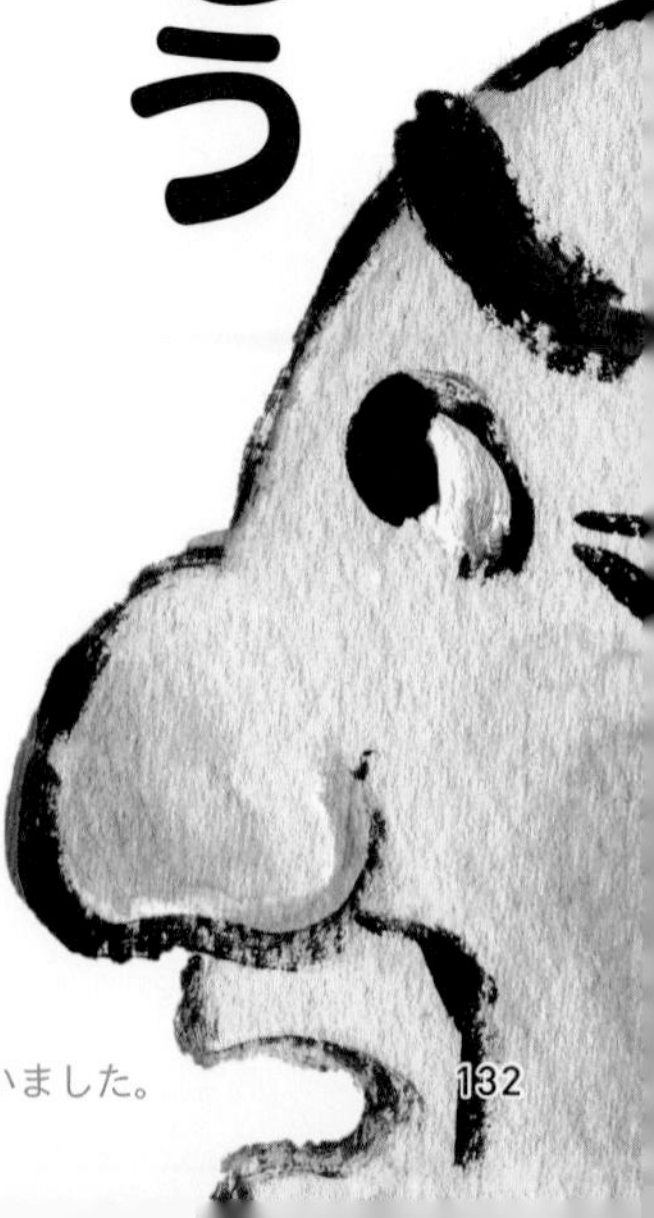

豆知識 本作が生まれた秋田県では、ネズミは富をもたらすといわれていました。

次の日、おじいさんが山へ行くと、2匹のねずみが、またすもうをとっていました。今度は、やせたネズミが太ったねずみを何度もドーンと投げ飛ばしているではありませんか。

太ったねずみは、やせたねずみにたずねました。

「どうして今日は、こんなに強いんだい？」

「きのう、おじいさんとおばあさんがおもちをくれたんだ。そのおもちを食べたから、力がついたのさ」

「いいなあ。きみの家に行くから、おれにもごちそうしてくれないか。お礼に長者さまのお金を持って行くから」

その話を聞いたおじいさんは2匹分のおもちをつき、おばあさんはすもうをとるための小さな赤いふんどしをぬって、戸棚に置いておきました。家に帰ったやせたねずみと太ったねずみは、おもちとふんどしを見つけて大よろこびです。

次の日の朝、戸棚を開けると、お金がたくさん入っていました。よろこんだおじいさんが山へ行くと、2匹は赤いふんどしをつけて、元気にすもうをとっていました。

想像してみよう　赤いふんどしをつけたやせたねずみと太ったねずみ。どっちが勝ったでしょうか？

落語

じゅげむ

世界一長〜い、おめでたい名前!

わが子には、元気に育っていってほしい。それがすべての親の願いというもの。生まれた男の子の名前をつけようと、父親のかん平は、近所のもの知りなおしょうさんのところへ相談しに行きました。

「めでたい名前を考えてくれませんか」

「では、経文の中に寿かぎりなしと書いて、『寿限無』というめでたい言葉がある。めでたいことがずっと続くという意味じゃ」

「いいですな！　ほかにもあるかい？」

「では、『五劫のすり切れ』はどうじゃ。三千年に一度、天女が岩を衣でなでて、衣がすりきれるまでのとほうもない時間を『劫』という。それが五つだから、とんでもなく長い時間のことじゃ」

「いいねえ。とっても長生きしそうな名前じゃないか。ほかにもないかい？」

「『海砂利水魚』はどうじゃ？　海の砂利や魚は数えきれないほどたくさんあるという意味じゃ。ほかにも、『水行松』や『雲来末』『風来松』は、水や雲、風は果てしなくあるという意味がある」

そのあとも、おしょうさんはいろいろなめで

豆知識　パイポは、王族が長生きしたとされる架空の王国の名前です。

たい言葉を教えてくれました。

「では、寿限無 寿限無 五劫のすり切れ 海砂利水魚の水行松、雲来末、風来松 食う寝るところに住むところ やぶらこうじのぶらこうじ パイポパイポパイポのシューリンガン シューリンガンのグーリンダイ グーリンダイのポンポコピーのポンポコナーの長久命の長助。さあ、ここから気に入った名前をつけてはどうじゃ」

「選ぶなんてもったいない。全部おめでたいんだから、全部つけることにするよ！」

そうして長い長い名前となった男の子。名前にこめた期待どおり、元気に育っていきました。

そんなある日のこと。男の子は、友達のとめ吉とけんかしてしまいます。

「うわーん、おじさん聞いてよ。寿限無 寿限無 五劫のすり切れ 海砂利水魚の水行松、雲来末、風来松 食う寝るところに住むところ やぶらこうじのぶらこうじ パイポパイポパイポのシューリンガン シューリンガンのグーリンダイ グーリンダイのポンポコピーのポンポコナーの長久命の長助が、ぼくの頭をぶってたんこぶができちゃったよ」そういって、とめ吉は泣いています。

「おお、なんてこった。すまんかったな。うちの寿限無 寿限無 五劫のすり切れ 海砂利水魚の水行松、雲来末、風来松 食う寝るところに……んっ？ とめ吉よ。よく見たら、たんこぶなんかねえじゃねえか」

「名前をいっている間に、なおっちゃったよ」

想像してみよう あなたなら、子どもが生まれたら、どんな名前をつけますか？

落語

お殿さまは庶民のお魚が大好き

目黒のさんま

むかしむかし、江戸時代のお話。ある秋の日、ひとりの殿さまが家来たちをつれて、江戸の町はずれ、目黒までやって来ました。

そろそろお昼ごはんの時間です。ところが、家来がお弁当を忘れてきてしまいました。食べるものがなくて困っていると、どこからか、いいにおいがただよってきます。

「おい、これはなんのにおいだ？」

「さんまを焼くにおいでございます。しかし、庶民の食べる魚。とても、殿がお口にするようなものではございません」

そうはいっても、殿さまはお腹がすいてしかたありません。家来にさんまを持ってこさせます。

そして、はじめてのさんまをパクリとひと口。秋晴れの空の下、あぶらののった焼きたてのさんまを食べるんですから、おいしくないはずがありません。殿さまは夢中で何匹も食べました。

それからというもの、殿さまは、さんまのことばかり考えています。しかし、家来たちは、さんまは殿さまにふさわしくないと思っているので、ごはんに出てくることはありません。

しばらくして、親せきの家にまねかれることになった殿さま。

豆知識 日本橋魚河岸は江戸の魚市場で、のちに築地、豊洲と移転します。

「なにか食べたいものはありますか？」

そう聞かれ、迷わず、「さんまを食べたい」と答えます。料理人はびっくり。もちろん、さんまなんて用意していません。急いで、日本橋魚河岸に行って新鮮なさんまを買いました。

立派なさんまですから、あぶらがたっぷりのっています。それを料理人は、これは殿さまの体に悪いと、あぶらをぬいてしまいます。そして、骨もあぶないので、きれいにすべてぬいてしまいました。せっかくのさんまが、形がくずれて台なしです。そのままでは出せないので、だんごにして、おわんに入れて出しました。

「これはさんまか？」

「はい、さんまでございます」

思っていたのとちがうさんまにとまどいながらも、ひと口食べてみます。しかし、あぶらがぬけてパサパサのさんまがおいしいはずがありません。

「うーん……。このさんまはどこで買ったのだ」

「日本橋魚河岸でございます」

「それはいかん。やはりさんまは目黒にかぎる」

想像してみよう あなたがはじめて食べて、おいしいかった食べものはなんですか？

はだかの王さま

かしこい人にしか見えない服

ある国に、新しい服やきれいな服が大好きな、おしゃれな王さまがいました。ある日、王さまのもとに、ふたりの男がやって来ました。

「わたしたちは、世界一美しい布を織ることができます。その布でつくった服は、ふしぎなことに、かしこい人にしか見えないのです」

「ほー、それはおもしろい」

さっそく、王さまはふたりにたくさんお金を払って、お城の中で服をつくらせました。ところが、このふたりは大うそつきだったのです。織機の前で仕事をしているふりをしていましたが、織機には糸もなにもありませんでした。

そうとは知らない王さまは、服がどこまでできたか、家来に見に行かせます。

ふたりの男は、やって来た家来に「どうですか、とても美しいでしょう？」と、自慢げにいいました。しかし、もちろん家

豆知識　もとのお話では「父親のじつの子ではない者」には見えない布でした。

来に服は見えません。自分がおろか者だと思われたくない家来は見えているふりをしました。

「すばらしい！　王さまもきっとよろこびます！」

　その話を聞いた王さまも、服を見に行きましたが、もちろんなにも見えません。王さまも、自分がおろか者だと思われたくありません。

「なんと、今まで見たことがないほど、美しい服じゃないか！」

　何日かして、ふたりの男が「服ができました」といって、王さまに服を着せるふりをします。

「王さま、とてもおにあいですよ」

　ほかの家来たちも、みんな見えているふりをして、王さまをほめます。

　すっかりごきげんになった王さまは、新しい服を町の人にも見せることにしました。たくさんの家来をひきつれ、王さまは得意げに町を歩きます。町の人々にも服は見えませんが、自分がおろか者だと思われたくないので、なにもいい出せません。そのとき、ひとりの男の子が、王さまを指さしてさけびました。

「王さまはなにも着てないよ！　はだかだ！」

　すると、町の人はヒソヒソと話し出し、「ほんとうだ、はだかの王さまだ！」といい出しました。王さまははずかしくなりましたが、パレードをやめるわけにはいきません。最後まではだかで、どうどうと町を歩きました。

想像してみよう　あなたがはだかの王さまを見かけたら、なんといいますか？

落語

そこつ長屋

その死体はほんとうに熊五郎？

浅草のとある長屋に、八五郎と熊五郎という、なんともそそっかしい男が住んでいました。

ある日、八五郎が雷門の前をとおりかかると、おおぜいの人が集まっていました。どうやら、だれか死んだようです。八五郎がのぞいて見てみると、「なんと、おとなりの熊さんじゃないか！　どうしちまったんだ。そういや、今朝、具合が悪いっていってたな」

役人が「いやいや、この人はきのうからここで倒れてたんだ」といいますが、八五郎は「いや、熊さんだ」と、納得しません。

八五郎は長屋に帰り、熊五郎の家に行きました。

「熊さん！　おまえ、雷門の前で死んでたぞ」

寝起きの熊五郎はびっくりです。

豆知識　「そこつ」とは、そそっかしいという意味です。

「なんだって？　おれはここにいるじゃないか」

「おまえはそそっかしいから、死んだのも忘れて帰ってきちゃったんだろ。ほんとにそこつ者だな」

「そういうなら、確かめに行ってみるか」

雷門のまわりには、まだ人だかりができていました。

「死んだ本人が来たよ。ちょいとどいてくれ」

そして、死人の顔を見た熊五郎は、またまたびっくり！

「おお！　たしかにこいつはおれだ！　でもちょっと顔が長いな」

「雨にぬれて、伸びたんだろ」

「なるほどなあ。それにしても、おれ、かわいそうに……」

「泣くな、熊さん。さあ、亡きがらをひきとって供養しよう」

ふたりは、死体をひとまず長屋に持っていくことにしました。

「ちょっと、ちょっと、勝手に持っていっちゃまずいよ」と、役人が止めました。

「死んだ本人が持っていくんだ。だれの許しもいらないだろ」

熊五郎がそういうと、ふたりは死体をかかえて帰ってしまいました。

帰り道、熊五郎はふと、ふしぎに思いました。

「八さん、この死体はたしかにおれだが、じゃあ、死体をかかえているおれは、いったいどこのだれなんだ？」

想像してみよう　あなたのまわりにいる、そそっかしい人の、おもしろい話はありますか？

日本の名作
十返舎一九

おじさんコンビの爆笑珍道中

東海道中膝栗毛

むかしむかし、江戸の町に、弥次郎兵衛と喜多八というふたりの男がいました。

お伊勢まいりのため、ふたりは伊勢神宮まで東海道を歩いて旅することにします。

江戸を出てしばらく歩いたふたりは、小田原の宿に泊まることにしました。弥次さんが風呂に入ろうとしたら、ここの風呂は江戸ではめずらしい、五右衛門風呂。風呂の底が熱いので、ういている板を足で沈めて入るのですが、そうとは知らない弥次さん。ういている板をとって入ってしまい、足の裏をやけどしてしまいます。

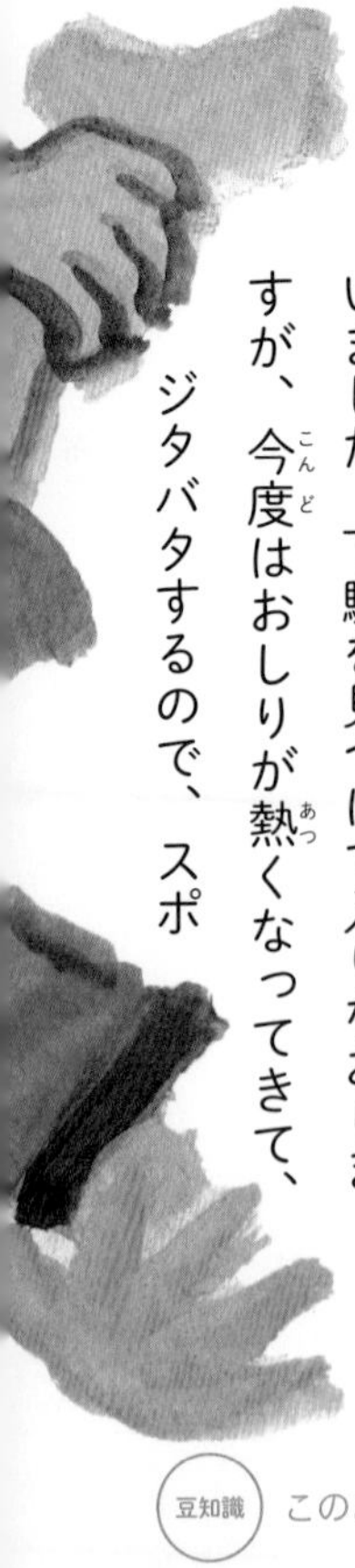

「あっちー！　熱くて入れねえ！」

ふと見まわすと、近くにトイレの下駄があります。下駄をはいて、なんとか風呂に入ることができました。ところが、意地悪な弥次さんはそのことを喜多さんに教えません。

「ああ、いい湯だった。喜多さんも入りな」

「あっちー！」

やっぱり喜多さんも足の裏をやけどしてしまいました。下駄を見つけて入りなおしますが、今度はおしりが熱くなってきて、ジタバタするので、スポ

豆知識　このお話の作者・十返舎一九は、江戸時代後期に活躍した戯作者です。

ンと風呂の底が抜けてしまいました。見ていた弥次さんは大笑い。様子を見にきた主人に、ふたりはこっぴどく叱られてしまいました。

そんなこんなで、お伊勢参りをすませたふたりは、「せっかくだから」と京都に向かいます。

方広寺という大きな大仏があるお寺にやって来ると、お堂の柱に開いてる四角い穴を見つけます。みんなが次々くぐっているので、さっそく、ふたりもくぐってみることにしました。

喜多さんはするりとくぐりましたが、ぽっちゃりしている弥次さんは穴にひっかかって動けなくなってしまいます。

「動けなくなった！　助けてくれ！」

喜多さんがひっぱっても、抜けません。

すると、近くの人が、「トンマだな。腰の刀がひっかかっているんだよ」といって大笑い。

失敗に気づいたふたりも笑ってごまかしました。

想像してみよう　あなたや家族が旅行中におもしろい失敗をしたことがありますか？

世界の昔話
グリム

4匹の動物たちが、どろぼうをやっつける!

ブレーメンの音楽隊

ある男がロバを飼っていました。そのロバが年をとり、荷物を運べなくなってしまい、男は「もうエサをあげるのはやめよう」と考えました。それに気づいたロバは、「ブレーメンへ行って音楽隊に入れてもらおう」と決意し、飼い主のもとから逃げ出しました。

ブレーメンへの旅の途中、ロバは犬に出会います。犬は年をとって猟ができなくなり、飼い主から怒られているというのです。犬はロバといっしょに旅をすることになりました。

しばらく行くと、今度は猫に出会います。猫も年をとって、ネズミがとれなくなり、飼い主から冷たくされているというのです。猫もいっしょに旅をすることになりました。

今度はニワトリに出会いました。このニワトリも年をとって卵が生めなくなり、飼い主がつらくあたるというのです。ニワトリも、いっしょにブレーメンへ行くことになりました。

森を歩いていると夕方になり、4匹はそこで夜を明かすことにします。するとニワトリが、遠くに家の光を見つけました。「あそこで泊めてもらえるかもしれないぞ」。

そう考えた4匹は、その家に向かいます。中をのぞくと、そこはどろぼうたちの隠れ家で、

豆知識 ブレーメンの市庁舎の近くには、4匹の銅像が建てられています。

ごちそうを食べながら、金貨を分けていました。

4匹は、どろぼうを追い出そうと考えました。

窓の外で、ロバの上に犬が乗り、犬の上に猫が乗り、猫の上にニワトリが乗ります。

「ヒヒーン、ワンワン、ニャーニャー、コケコッコー！」

一斉に鳴くと、それはまるで音楽隊のよう。

どろぼうたちはおどろき、窓に映った4匹の影を見て、「おばけだー！」と逃げ出しました。

4匹は残ったごちそうをお腹いっぱい食べ、そのまま眠ってしまいました。しばらくすると、

どろぼうたちが「あれはなんだったんだろう」と戻ってきました。

ひとりがおそるおそる家に入ってくると、それに気づいた猫がひっかき、犬がかみつき、ロバが蹴とばし、ニワトリが「コケコッコー！」とさけびます。

どろぼうたちはあわてて逃げ出し、もう二度とその家に戻ってきませんでした。動物たちはブレーメンに行くのをやめて、この家で音楽を演奏しながら幸せに暮らしました。

想像してみよう 窓に映った4匹の影は、どんな形だったでしょう？

落語

いじわるされたのに大よろこび!?

まんじゅうこわい

今日は町の寄りあいの日。若い衆たちが集まって、あれやこれやと茶飲み話をしていました。話もつきてきたころ、「一番こわいものを順番にいいあおうじゃないか」とツネ吉がいい出しました。

「おれはヘビがこわい。あのクネクネした動きを見るとゾッとする」

「おれはクモだ。クモの巣はネバネバして気持ち悪い。ちょっとさわっただけで大さわぎだ」

みんながこわいものを話す中で、松つぁんひとりだけがだまっていました。

「松つぁんは、こわいものはないのかい」

「おまえら、なさけねえな。そんなもの、おれにはないよ。なにが来てもへっちゃら……いや、こわいものを思い出しちまった」

「ほう、なんだい。ぜひ教えてくれよ」

「まん……まんじゅうがこわいんだ」

「あの、食べるまんじゅうかい？」

「ああ、そうだ……思い出すだけでふるえちまう」

松つぁんの顔色はまっさおです。

「もうだめだ！　隣の部屋にふとんをしいてくれ」

そういうと、松つぁんはふとんを頭からか

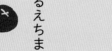

豆知識 「寄りあい」とは、話しあいや交流のために人々が集まることです。

ぶって、ブルブルふるえています。

その様子にみんなは大笑い。ここはひとつ松つぁんにいたずらをしてみようということになり、町へ出て、たくさんのまんじゅうを買ってきました。

そして、おぼんに山もりのまんじゅうをのせて、松つぁんの枕元にそーっと置きました。

「ねえ。松つぁん。もうお開きだ。起きなよ」

「そうかい。起きるよ。でも、まんじゅうのことは、いわないでくれよ」

「わかったよ。いわないよ」

その数秒後、大きなさけび声が聞こえました。

「うわ、まんじゅうだ！　まんじゅうがたくさんある。まんじゅうこわい！　まんじゅうこわい！」

松つぁんのこわがっている声を聞いて、いたずら成功だと、みんな大よろこび。

「うわ、酒まんじゅうだ！　こわい、こわい」

「温泉まんじゅうもある！　ああ、こわい。それにしても、おいし……こわいなあ」

どうも様子がおかしいと気づいた若い衆。

そっと部屋の中をのぞいてみました。

「松つぁんのやつ、うれしそうにまんじゅうを食べているぜ。こりゃだまされた！　松つぁん、ほんとうはいったいなにがこわいんだい」

松つぁんは真面目な顔でいいました。

「おいしいお茶がこわい」

想像してみよう　あなたなら、なにがこわい（なにがほしい）と答えますか？

落語

けちくらべ

どっちが上か、ふたりの男が勝負

むかし、あるところに、けちの名人がいました。

うなぎ屋のとなりに住んでいる名人は、「うなぎのにおいがあれば、おかずはいらない」と、いつもうなぎのにおいをかぎながら、ごはんを食べています。ある日、それに気づいたうなぎ屋が名人のもとにやって来ました。

「うなぎのにおいは、客寄せに使っているんだ。タダじゃねえ。お代を払ってくれ」

すると、名人はお金の入った袋をジャラジャラとひっくり返しました。

「においのお代は音で十分だろ？」

うなぎ屋はあきれて帰っていきました。

そんなうわさを聞いて、「自分こそ一番けちだ」という男が、自慢のせんすを見せに名人をたずねてきました。

「やっぱりまっくらだ。明かりをけちってる」

家の中では、名人がはだかで座っていました。

「やあ、いらっしゃい。服がもったいないから、はだかで失礼するよ」

「かまわないが、かぜをひいたら損だろ」

「かぜなんてとんでもない、汗が止まらないくらいさ。ほら、天井を見てみろ」

見ると、大きな石がつるされて、ユラユラゆ

豆知識　このお話は、「始末の極意」や「しわい屋」という題名でも知られています。

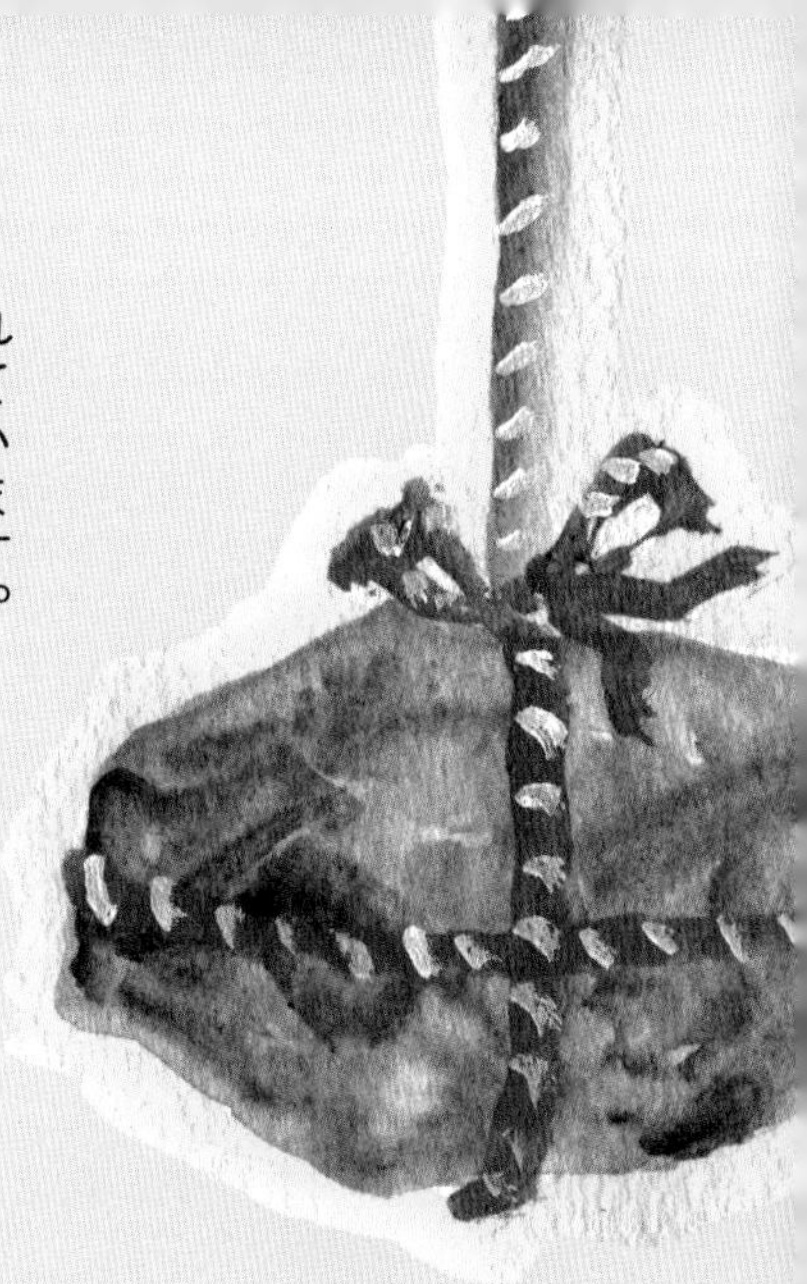

れています。

「いつ落ちるか、ハラハラして汗だくなのさ」

「なるほど。では、せんすであおいでやろう」

男は自慢げにせんすをとり出し、半分だけ開いてあおぎはじめました。

「このせんす、なんともう10年目。半分開いて5年、もう半分でさらに5年というわけさ」

「いやいや、おれだったら、ぜんぶ開いちゃうね。それで、せんすじゃなく首のほうを動かせば一生使えるし、よい運動になるよ」

せっかくのせんすにけちをつけられて機嫌が悪くなった男は、帰ることにしました。

「こう暗くちゃ、履物が見えない。ちょっと明かりをかしてくれ」

すると、名人は立ち上がり、木の棒で男の頭をゴツンとなぐりました。

「なにするんだ！　目から火が出たよ」

「明かりなんかもったいねえ。その火で履物を探すといいよ」

「こりゃまいった！」

名人のけちっぷりに、男は降参しました。

想像してみよう　あなたなら、どんなけちを自慢しますか？

日本の昔話

おならも使い方しだいで得をする!?

へっぴりよめご

むかしむかし、ある家に、よくはたらくまじめな女が嫁いできました。ところが、そのお嫁さん、日がたつにつれてだんだん顔色が悪くなっていきます。

「どこか悪いなら、遠慮しないでいいな」

お姑さんがいうと、はずかしそうに答えました。

「おら、どこも悪いとこはねえ。ただ、嫁に来てから、へをこらえてんだ……」

「なあんだ、へくらいどんどんこけ」

「おらのへ、ふつうのへじゃねえよ?」

「なあに、えんりょすんな」

お婿さんも気にしていないようです。

「ほんじゃあ、失礼して……」

そういって、お嫁さんは、ボーンッと大砲のようなへをこきました。あまりにいきおいがすごいので、お姑さんもお婿さんも庭まで飛ばされてしまいました。

お婿さんはびっくりぎょうてん。

「こんなでっかいへで毎回飛ばされてたんじゃ、体がもたねえ。生まれた家に帰ってもらおう」

と、お嫁さんに帰ってもらうことにしました。

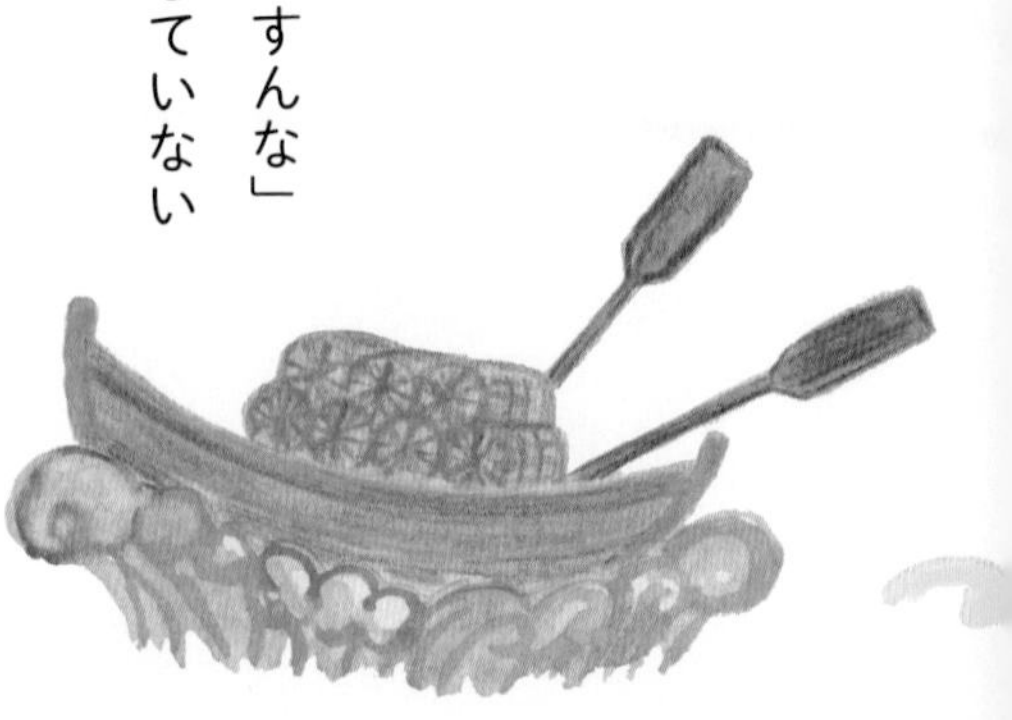

豆知識 宮城県の昔話といわれていますが、似たお話は各地にあります。

お婿さんがお嫁さんを家まで送っていると、止まった馬車に出くわしました。どうやら、米俵が重くて馬が動かなくなってしまったようです。

「おらのへで、動かしてやるよ」

お嫁さんがそういうと、馬車ひきは「馬でも無理なのに、へで動かすなんてバカなこというな。もし動かせたら、米俵を半分分けてやるよ」と笑いました。ところが、お嫁さんが馬のおしりめがけて、ボーンッと大砲のようなへをこくと、そのいきおいで馬車がスイスイ進みます。

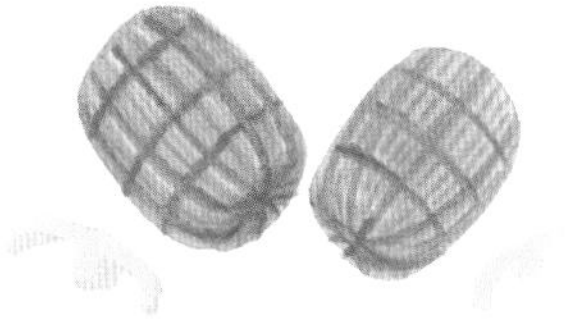

「こりゃたまげた！　約束だ。半分やるよ」

馬車ひきは米俵をたくさんあげました。それを見ていたお婿さん。

「へもこきようで、得することもあるんだなあ」と感心して、お嫁さんをつれてひき返すことにしました。もちろん、もらった米俵はお嫁さんのへで、ボーンッ、ボーンッと運びました。

それから、お婿さんは、へで飛ばされないように、家の中を戸でしきって、へをこくための場所をつくりました。

これが、家の中で仕切りのついた場所を〃へや〃とよぶようになった由来とのこと。

想像してみよう　大砲のようなへをこけるのなら、なにを吹き飛ばしますか？

落語

地獄八景亡者戯

エンマさまを怒らせた四人の男

ある日、四人の男が死にました。医者に山伏、軽業師、そして、歯医者です。たまたま同じ日に死んだ四人。天国行きか地獄行きか、いっしょにエンマさまの裁きを受けました。

「医者は、いいかげんな手術で人をころした。山伏はインチキのお祈りで金をだましとった。軽業師は見物人をハラハラさせて寿命をちぢめた。歯医者はじょうぶでよい歯を抜いた。おまえらは地獄行きだ！」

地獄に送られた四人はまず、グツグツ湯が煮えた大きな釜の前につれていかれました。釜ゆで地獄です。すると山伏がいいます。

「おれにまかせな。ちゃんとした術もできるのさ。チチンプイプイ。ほら、もういい湯加減だ」

釜に入れられた四人はのんびり温泉気分。エンマさまは「もうよい！　次は針山地獄だ！」とあきれ、四人を針山につれていきました。

豆知識　山伏とは、山の中で修行することによって霊力などを身につけた人のことです。

すると、「よし、おいらにまかせな」と軽業師がいいます。軽業師は、三人を首と両肩にかかえて、ヒョイヒョイと針山をこえていきました。これを見ていたエンマさまはカンカンです。

「なんと、ふざけたやつらだ。鬼をよべ！」

そこへやって来たのは大きな人食い鬼。パクっと四人を口に入れてしまいます。ところが、「ここはわしにまかせとけ。それ！　それ！」と、歯医者が鬼の歯をぜんぶ抜いてしまいました。これでは、かめません。鬼はしかたなく四人を丸飲みにしました。

流されてお腹までくると、医者がいいます。

「ここをひっぱるとくしゃみ、ここを押すとしゃっくり、ここをたたけばいたくて、ここをくすぐれば笑い出すってわけだ。いっちょ、あばれてやろうぜ」

鬼はさあたいへん。くしゃみ、しゃっくり、いたみ、笑いがいっぺんにやってきます。

「こりゃたまらん」と、鬼は四人をはき出そうとしますが、意外と楽しいお腹の中。四人はなかなか出てきません。たまらずエンマさまが「今出てきた者は天国へ行かせよう」というと、あわてて四人は出てきました。ところが、エンマさまは四人をつかまえてしまいます。

「はっはっは。これはおまえたちをおびき出すための作戦じゃ」

「あー！　エンマさまがうそをついた！」

四人がさけぶと、エンマさまは、地獄の鬼に舌を抜かれてしまいました。

想像してみよう　あなたなら、鬼のお腹の中でどんないたずらをしますか？

日本の昔話

一番足の速い虫はだれかな？

ムカデの医者むかえ

むかしむかし、たくさんの虫たちが原っぱで暮らしていました。カマキリやカナブン、バッタにカブトムシにムカデ。ほかにもたくさんの虫がいます。

ある日、カブトムシが急に、「うー、いたい、いたい……」と、お腹をおさえてくるしみ出しました。みんな大あわてです。

「たいへん！　お医者さんをよばなくちゃ！」

「だれが一番走るのが速いだろうか？」

相談しますが、なかなか決まりません。そこで、一番年上のカマキリが、「ムカデさんなら、足がたくさんあるから、きっと速いだろう」と、ムカデにお願いしました。

「わたしでいいんですか？」

豆知識　ムカデは「百足」と書きますが、実際は100本ない種が多いです。

ムカデはみんなのことを見渡して、聞きました。

「もちろんだとも。急いで行ってきておくれ！」

そういわれ、ムカデは玄関に向かっていきました。

ところが、もうじき日が暮れるという時間になってもムカデは帰ってきません。

「いてててて……」

カブトムシはまだくるしそうです。それを見たバッタがたまらずいいます。

「おれ、ちょっと様子を見てくるよ！」

バッタが家から飛び出そうとした矢先……。ちょうど玄関で、ムカデがわらじのひもをといているところでした。

「よかった、ムカデさん。遅いからむかえに行くところだったんだよ。それで、お医者さんはどこだい？」

バッタはたずねます。その声で、みんなもゾロゾロと玄関に集まってきました。

「ああ、みんな。じつは、わらじを履くのに時間がかかって困っていたんだ。手伝ってくれないか？　ようやく半分履き終わったところさ」

ムカデはわらじをぬいでいたのではなく、はいている途中だったのです。

想像してみよう　あなたは、どの虫が一番早く医者をむかえに行けると思いますか？

注文の多い料理店

ふたりの若者が迷いこんだふしぎなレストラン

ある山の中を、鉄砲をかついだふたりの若者が、犬をつれて歩いていました。あんまり歩いたので、ふたりはお腹がすいてしかたありません。そんな中、ふと、立派な西洋づくりの家が見えてきました。

近づいてみると「西洋料理店　山猫軒」と書かれた札が出ています。ふたりはお店に入ってみることにしました。中に入ると扉があり、〝このお店は注文の多い料理店ですから、どうかご承知ください〟と書いてありました。

「なかなか、はやっている店なんだな」

ウキウキして扉を開けると、黒い台が置いてあり、へんなことが書かれています。

〝鉄砲と弾をここへ置いてください〟

「たしかに、鉄砲を持って食べるのは変だ」

ふたりは鉄砲を台の上に置いて、先に進みました。また、なにか書いてある扉があります。

〝帽子とコートとくつをおとりください〟

「よっぽど、えらい人が来ているんだな」

ふたりは帽子とコートとくつをぬいで、ペタペタと歩きながら扉を開けて、中に入りました。その扉の裏に〝ネクタイピン、ボタン、めがね、財布、そのほか金物類やとがったものは、全部ここに置いてください〟と書かれていました。

わきには金庫も置いてあります。

「料理に電気を使うんだな。金物はあぶない」

めがねやら財布を金庫にしまい、少し行くと、また扉があります。

〝料理はもうすぐできます。15分とお待たせはいたしません。すぐ食べられます。早く、頭にびんの中の香水をふりかけてください〟

ふたりは扉の前の香水を頭にかけましたが、どうも酢のようなにおいがします。「店の人がまちがえたのだろう」と、次の扉の中に入りました。扉の裏には大きな字でこう書かれていました。

〝いろいろ注文が多くてうるさかったでしょう。お気の毒でした。もう、これだけです。どうか、体中に塩をよくもみこんでください〟

その文字を見て、ふたりは顔を見あわせます。

「どうもおかしいぜ」

想像してみよう　あなたは、どんな料理店なら行ってみたいですか？

「ぼくもおかしいと思う」

「たくさんの注文っていうのは、むこうがこっちへしてるんだよ」

「だからさ、西洋料理店っていうのは、西洋料理を来た人に食べさせるのではなくて、来た人を西洋料理にするってことなのか。これは、その、つ、つ、つ、つまり……」

ふたりはあわててひき返そうとしますが、扉はまったく開きません。さらに奥のほうにもう1枚扉があり〝いや、わざわざご苦労です。さあさあ、おなかにお入りください〟と書いてありました。おまけにカギ穴からキョロキョロと2つの目玉がこっちをのぞいています。ふたりはこわさのあまり、ブルブルふるえて泣き出してしまいました。

そこへ、「ワン、ワン」と、外に待たせていた犬が飛びこんできました。犬は奥の扉に飛びつき、部屋の中にすいこまれるように入っていきました。中から、「ニャア、ゴロゴロ」という声がして、それから、ガサガサ音がしました。

気がつくと、お店はけむりのように消え、ふたりは寒さにブルブルふるえながら、草の上に立っていました。そして、上着やくつがあちこちの木の枝にひっかかっていたのでした。

5 章

ふしぎな おはなし

世界の名作
メーテルリンク

幸せの鳥は、どこにいる？

青い鳥

あるところに仲のよい兄妹がいました。兄の名はチルチル、妹の名はミチルといいます。ふたりの家は貧しかったので、クリスマスイヴなのに、ごちそうにありつけません。しょんぼりしていたところに、魔法使いのおばあさんがやってきました。

「青い鳥がいると幸せになれるんじゃ」

「ほんとう!?　青い鳥を探しに行こう！」

こうして、チルチルとミチルは鳥かごを持って、青い鳥を探す旅に出かけました。

はじめに着いたのは、死んだ人に会える「思い出の国」。しばらく歩いていると、死んだおじいさんに会いました。おじいさんが持っていた鳥かごを見ると、中には青い鳥がいました。

ふたりは、今の貧しい暮らしや魔法使いにきいたことをおじいさんに話し、青い鳥をゆずってもらいました。

「これで、くるしい生活ともお別れできるよ！」

ウキウキしながら思い出の国を出ると、なんと、青い鳥が黒い鳥に変わっているではありませんか。おじいさんからもらった青い鳥は、本物の青い鳥ではなかったのです。

ふたりはがっかりしましたが、青い鳥を見つけるまでは、あきらめません。ふたたび歩き出

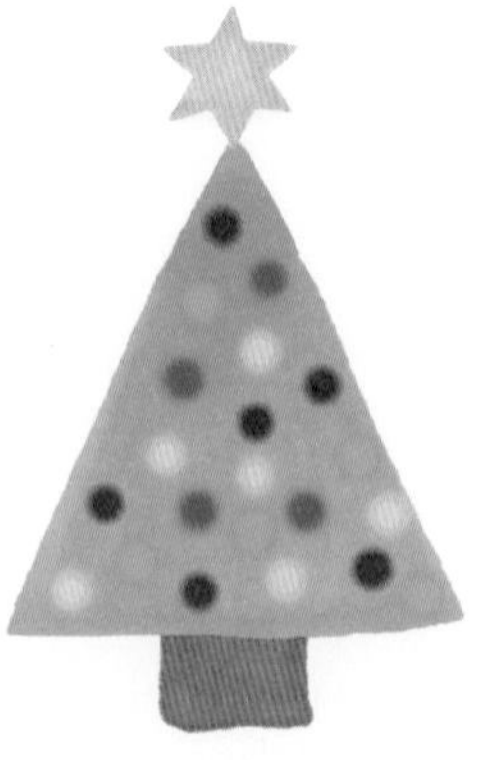

豆知識　作者メーテルリンクは、この作品でノーベル文学賞を受賞しました。

すと、今度は「夜の御殿」に着きました。ここには病気や戦争など、こわくておそろしいものがたくさんあります。ここにも青い鳥はいましたが、つかまえるとみんな死んでしまいました。

そのあとも、「森の国」や「幸福の国」、「未来の国」に行き、青い鳥を見つけるものの、持ち帰ろうとするとみんな死んでしまうのです。

「起きなさい！　今日はクリスマスよ」

お母さんのよぶ声が聞こえます。ふたりがハッと目を覚ますと、そこはいつも寝ているベッドの上でした。

「なんだ、夢かあ」と、ふたりはがっかり。けれど、チルチルとミチルがふと鳥かごを見ると、中に青い鳥がいるではありませんか。

そう、ふたりが前から飼っていたハトが、ほんとうの青い鳥だったのです。

幸福はすぐそばにあったのでした。

想像してみよう　あなたの家には、どんな幸せの生きものやモノがありますか？

世界の昔話
「千夜一夜物語」

「開け、ゴマ！」の呪文で岩を開けると……

アリ・ババ

むかし、ペルシャのとある町に、カシムとアリ・ババという兄弟が住んでいました。兄のカシムはお金持ちのお嫁さんをもらって毎日遊んでいました。でも、貧しいアリ・ババは、毎朝早くから森へ行き、切った木を町で売って、なんとか暮らしていました。

ある日、アリ・ババがいつものように森で木を切っていると、遠くのほうから「開け、ゴマ！」とさけんでいる男の声が聞こえてきます。

声のするほうに行ってみると、大きな岩の前にたくさんの荷物を運んでいる盗賊たちがいるではありませんか。そして、盗賊の親分が「開け、ゴマ！」と呪文をとなえると、大きな岩がスーッと開き、ほら穴が現れたのです。

そのほら穴に荷物を運んだ盗賊たちは、今度は「閉じよ、ゴマ！」

豆知識　「ババ」はアラビア語・ペルシャ語で「お父さん」の意味です。

と呪文をとなえました。すると、大きな岩が閉じてしまいました。

「きっと、盗んだものがあのほら穴に隠されているんだ」。そう考えたアリ・ババは、盗賊たちが帰るのを待って、自分もその呪文をためしてみることにしました。

「開け、ゴマ！」と、アリ・ババが唱えると、岩がスーッと開きます。ほら穴の中に入ってみると、そこには宝石や金貨の山が！　アリ・ババは持っていた袋いっぱいに金貨をつめると、岩を閉じて、急いで家に帰りました。

これまで貧しい生活をしていたアリ・ババは、ほら穴から持ってきたお金で、のんびり穏やかな暮らしができるようになりました。

ところが、それを見て様子がおかしいと思ったカシムは、アリ・ババを問いつめます。

「どこで、そんなお金を手に入れたんだ！」

アリ・ババから呪文のことを聞きだしたカシムは、急いでほら穴に向かいました。

大きな岩の前に着くなり「開け、ゴマ！」と、唱えると、岩がスーッと開き、目の前に宝の山が現れました。カシムは岩を閉じて、袋いっぱいに宝石や金貨をつめこみ、急いで出口に向かいます。

ところが、宝に夢中になりすぎたカシムは呪文をわすれてしまいました。必死に思い出そうとしているうちに、盗賊たちが戻ってきてしまいました。

「おまえが、おれたちの宝を盗んだんだな」

カシムは戻ってきた盗賊たちに、やっつけられてしまいました。

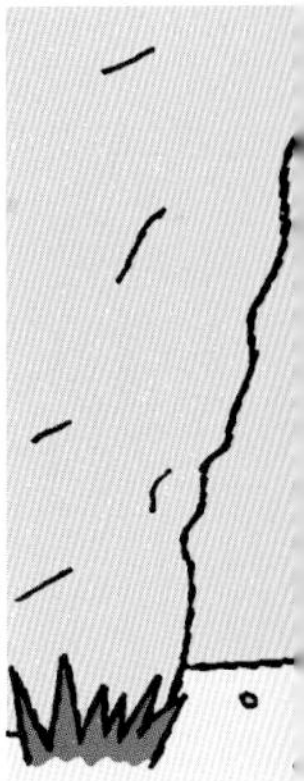

想像してみよう　あなたなら、「開け、ゴマ！」の呪文でなにを開けてみたいですか？

日本の昔話

かぐや姫

竹から生まれた美しい女の子の正体は？

むかしむかし、竹をとって暮らしているおじいさんがいました。あるとき、竹やぶの中に根元が光る竹が一本あり、わってみると、なんと、中から小さな女の子が出てきました。

家につれて帰ると、おばあさんも大よろこび。ふたりは、女の子をかぐや姫と名づけ、たいせつに育てました。それからというもの、おじいさんが竹をとりにいくと、決まって黄金のつまった竹を見つけるようになります。そのお金で、何不自由なくかぐや姫を育てました。

すくすく育ったかぐや姫は、3カ月ほどで、それはそれは美しい娘に育ちました。そのうわさを聞いた男たちは、だれもがかぐや姫をお嫁にしたいと考えました。朝も夜も、おじいさんのお屋敷のまわりは、かぐや姫をひと目見ようという人でいっぱいです。かぐや姫はだれとも会おうとしませんでしたが、五人の若者だけは

豆知識　かぐや姫のモデルは、第11代天皇である垂仁天皇のお妃さまといわれています。

あきらめずに毎日やって来ました。そこで、おじいさんはかぐや姫にいいました。

「わしらももう長くない。五人の中のひとりと結婚してはどうかな？」

「おじいさんの頼みなら、断れません。わたしが望むものを持ってきてくれた人と、結婚することにしましょう」

おじいさんはさっそく五人にそのことを伝えました。かぐや姫が頼んだのは、仏の石の鉢、白銀の根と黄金の茎で真珠の実をつける木の枝、火ネズミの皮衣、龍の首についている五色の玉、ツバメの持つ子安貝、というものでした。

5人は、われ先にと探しにいきますが、だれひとり、見つけることはできませんでした。

それから何年かたった夜、かぐや姫は月を見てかなしげな表情をうかべながら、泣いています。心配して声をかけると、かぐや姫は、「じつは、わたしは月からやって来たのです。次の満月におむかえが来て、帰らなければなりません」と、いいます。おじいさんたちはかなしみ、ひきとめるために、屋敷のまわりに兵を置きました。

そして、満月の夜。まばゆい光とともに、月からおむかえの者が来ました。兵が弓を射ようとしても、体がまったく動きません。かぐや姫は「お元気で。ありがとう」というと、おむかえの者とともに、月に帰っていきました。

想像してみよう　かぐや姫は、どうしてだれとも結婚しなかったのでしょうか。

世界の昔話
グリム

ネズミを退治したら、町から子どもが消えた

ハーメルンの笛吹き男

むかしむかし、ドイツのハーメルンという町で、ふしぎなことが起きました。

ハーメルンはとても美しい町でしたが、ある日ネズミがたくさん現れ、食べものや家具をかじるようになりました。そのため、町の人たちは安心して暮らせなくなってしまったのです。

町の人はネズミを退治しようと町中にワナをしかけましたが、まったく効果がありません。

ある日、町に、ふしぎな帽子をかぶったひとりの男がやって来て、市長にいいました。

「市長さん、わたしがネズミ退治に成功したら、金貨1000枚をいただけますか？」

「もちろんだとも。好きなだけ差し上げますよ」と、困っていた市長は大よろこびです。

それならと、外に出た男は笛をとり出し、ピロピロと吹きはじめました。すると、町のあちこちからネズミが次から次に出てきました。男のまわりは、ものすごい数のネズミでいっぱいです。男は笛を吹いたまま、大量のネズミをひきつれて、川のほうへと歩いていきました。

川岸まで来ると、男は歩くのをやめましたが、ネズミは止まることなく川に飛びこんでいきます。こうしてネズミたちは1匹残らずいなくなりました。それを見ていた町の人たちは、男を

豆知識 実際に起きた、子ども130人の失踪事件をもとに書かれたお話です。

拍手でたたえました。

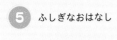

次の日、男は市長のところへ金貨をもらいにいきました。ところが、あまりにかんたんにネズミが片づいてしまったので、市長は金貨をあげるのがおしくなりました。

「ネズミが勝手に川に飛びこんだだけだろ。金貨はやれないよ」

「約束をやぶるんですね。わかりました」

その日の夜、町にピロピロと笛の音がひびき渡ります。なにごとかと思っていると、子どもたちがフラフラと家を出ていくではありませんか。町中の子どもたちが、列をつくって町の外へと歩いていきます。そして、その先頭では、あの男が笛を吹いているのでした。

そして、町から消えた子どもたちが戻ってくることはありませんでした。

想像してみよう　子どもたちは、どこへ行ってしまったのでしょうか？

世界の昔話
グリム

おどってすりきれたくつ

12人のお姫さまたちは毎晩どこへ？

むかし、ある国に、王さまととても美しい12人のお姫さまがいました。お姫さまたちは毎晩、大きな寝室でいっしょに寝ていましたが、ふしぎなことに、朝になるとなぜかお姫さまたちのくつがすりきれているのです。

困った王さまは「このなぞをといた者には、好きな姫を嫁にさずけ、次の王にする。ただし、3日でとけなければ、命はない」とおふれを出しました。

まもなく、ある王子が名乗り出ました。王子はお姫さまたちを見張っていたのですが、出されたぶどう酒でよっぱらってしまい、気づくともう朝です。2日目も3日目も同じで、王子は、ようしゃなく首をはねられました。多くの者がいどみましたが、だれもなぞをとけず、命をおとしてしまいました。

あるとき、道を歩いていた貧しい兵士がおばあさんと出会いました。兵士が冗談まじりに「わたしもおふれにいどもうかな」というと、「なあに、ぶどう酒さえ飲まなきゃいいのさ」と、おばあさんはいいました。

豆知識　グリムは兄弟でドイツの昔話を集めて「グリム童話集」をつくりました。

そして、かぶると透明になるマントを兵士に渡し、消えてしまいました。

兵士はさっそく、おふれにいどみました。夜になると、やはりぶどう酒を出されましたが、すきを見て捨てて、そのまま寝たふりをしました。兵士が寝ていると思いこんだお姫さまたちは、ベッドをコンコンとたたきます。すると、ベッドが沈んで地下へと続く穴が現れました。お姫さまたちがその穴をおりていくので、兵士も急いでマントをかぶって、あとをつけました。地下におりると、金、銀の並木道がキラキラと続いているではありませんか。兵士は証拠に枝を1本ずつ折って、持っていきました。

並木道をぬけると、ごうかな御殿があり、12人の王子さまがお姫さまたちを待っていました。お姫さまたちは毎晩、くつがボロボロになるまで王子さまたちとおどり続けていたのです。

兵士は2日目もお姫さまたちのあとをつけ、3日目は御殿からグラスをひとつ持ち帰りました。

次の日、兵士が王さまに地下の秘密を話し、証拠の枝とグラスを差し出しました。お姫さまたちは、すっかり白状するしかありません。

なぞをといた兵士は、一番上のお姫さまと結婚し、次の王さまになることも約束されました。

想像してみよう　あなたなら、地下の御殿でどんなことをしますか？

日本の神話「古事記」

八つの頭の大蛇から姫を守れ！

ヤマタノオロチ

遠いむかし、スサノオノミコトという神様がいました。乱暴者だったスサノオは、神様たちが住んでいた高天原を追い出されてしまいます。

出雲の国におり立ったスサノオは、川に箸が流れてくるのを見つけます。川上に人が住んでいると思い川をさかのぼっていくと、一軒の家がありました。

見ると、美しい娘を囲んで、おじいさんとおばあさんが泣いています。どうしたのかとたずねると、ふたりは泣きながらいいました。

「わたしどもには八人の娘がいましたが、ヤマタノオロチという怪物に、毎年ひとりずつ食べられてしまいました。今年もまたヤマタノオロチがやって来るので、最後のクシナダヒメも食

豆知識　島根県の須佐神社には、ヤマタノオロチのものとされる骨が納められています。

べられてしまうかと思うと、かなしくて」

ヤマタノオロチは八つの頭と八つのしっぽを持ち、目はまっか。腹はいつも血でただれている大蛇です。

話を聞いたスサノオは、「クシナダヒメをわたしにくれるのなら、ヤマタノオロチを退治しよう」といい、おじいさんたちは承知しました。

するとスサノオはクシナダヒメを守るためにくしに変えて、自分の髪にさしました。そして、おじいさんたちに、「八つの門をつくり、そこに強い酒を入れた酒だるを置くように」と命じます。おじいさんたちは、スサノオのいうとおりに用意して、怪物が現れるのを待ちました。

やがて、すさまじい地響きをたてながら、巨大なヤマタノオロチがやって来ました。酒のいいにおいに誘われたヤマタノオロチは、八つの門に八つの頭を入れて酒をガブガブと飲みはじめます。そして、すべて飲み干すと、酔っ払ってそのまま寝てしまいました。

すかさずスサノオは刀を抜いて、ヤマタノオロチを切り刻みます。しっぽを斬っているときに刃先になにかが当たり、斬り開いてみると、中から立派な剣が出てきました。

ヤマタノオロチを見事に退治したスサノオはクシナダヒメと結婚し、宮殿をつくって、たくさんの子どもたちと幸せに暮らしました。

想像してみよう　あなたなら、どうやってヤマタノオロチを退治しますか？

ヒツジ飼いが、さびれたお城で見たものは……

いのちのランプ

ある山に、ひとりのヒツジ飼いが住んでいました。ある晩、そこへ黒い服のやせた女がたずねてきました。

「わたしは『病気』です。わたしに、一番よい子ヒツジをください。さもないと、あなたは病気になって死んでしまうでしょう」

ヒツジ飼いはムッとして、いいました。

「だれがおまえに子ヒツジをやるものか。じょうぶなおれが、病気になるはずがないだろ」

女が帰ると、さらにやせた女が来ました。

「わたしは『災難』です。わたしに、一番よい子ヒツジをください。さもないと、あなたは災難にあうでしょう」

ヒツジ飼いはどなります。

「用心深いおれが、災難にあうはずがないだ

豆知識　ヒツジ飼いは、約5000年前に誕生したもっとも古い職業のひとつです。

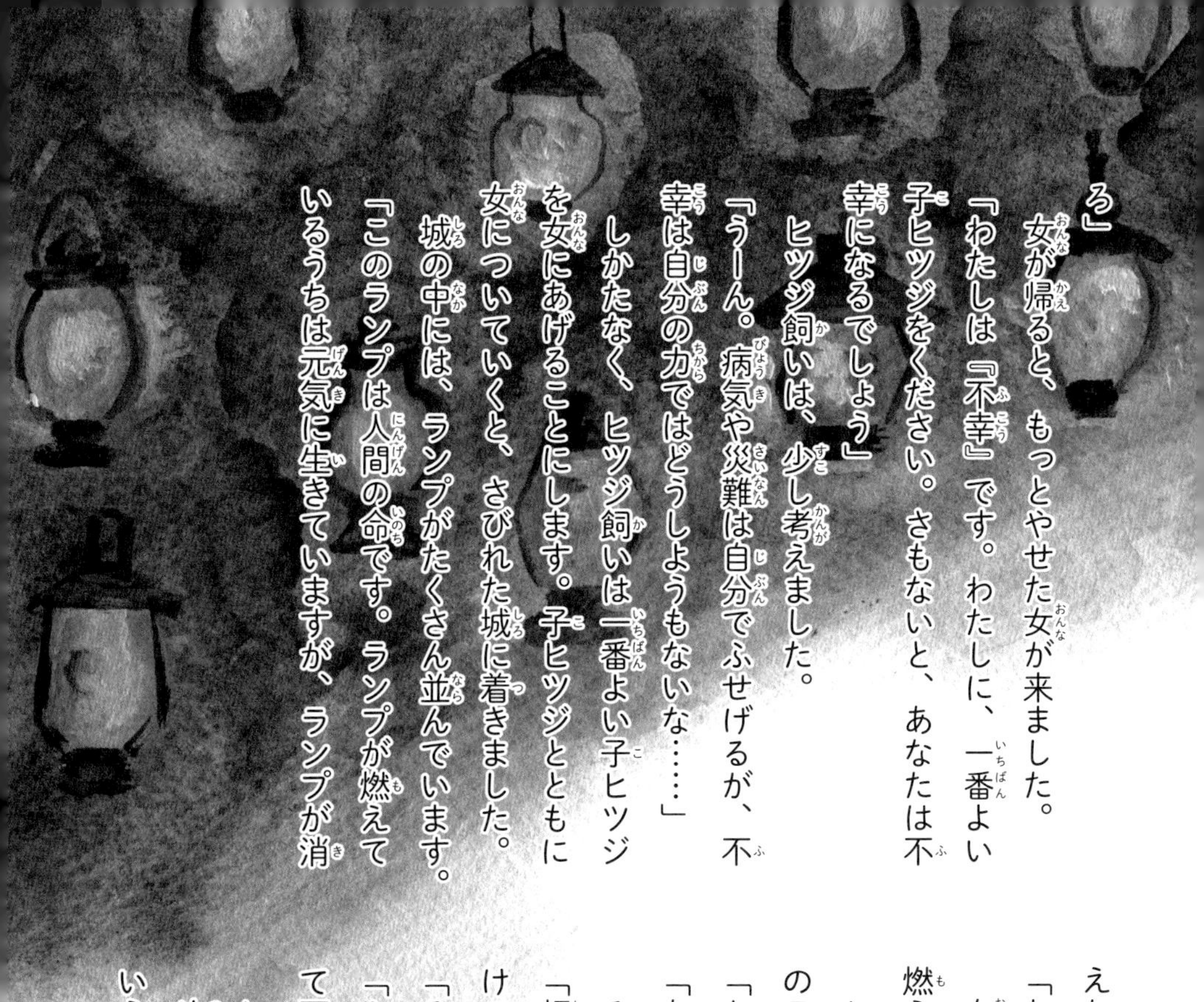

ろ」

　女が帰ると、もっとやせた女が来ました。

「わたしは『不幸』です。わたしに、一番よい子ヒツジをください。さもないと、あなたは不幸になるでしょう」

　ヒツジ飼いは、少し考えました。

「うーん。病気や災難は自分でふせげるが、不幸は自分の力ではどうしようもないな……」

　しかたなく、ヒツジ飼いは一番よい子ヒツジを女にあげることにします。子ヒツジとともに女についていくと、さびれた城に着きました。

　城の中には、ランプがたくさん並んでいます。

「このランプは人間の命です。ランプが燃えているうちは元気に生きていますが、ランプが消えたとき、その人は死んでしまいます」

「おれのランプはどれだ？」

　女は、油がたっぷりと入って、いきおいよく燃えているランプを指さしました。

　ヒツジ飼いはひと安心。しかし、そのとなりのランプは今にも消えそうです。

「となりのランプは、だれのランプなんだ？」

「あなたの弟さんのランプですよ」

　それを聞いて、ヒツジ飼いはびっくり。

「頼む。おれのランプの油を、弟のランプへわけてあげてくれ」

「それはできません」

「ふざけるな！　おれは弟が死にそうだと知って不幸になった。子ヒツジはつれて帰る！」

　ヒツジ飼いは怒って、城を出ていきました。

　次の日、ヒツジ飼いのもとに、弟が死んだという知らせがとどきました。

想像してみよう　ヒツジ飼いは、どうすれば弟を助けられたでしょうか？

しらゆきとべにばら

姉妹が助けたクマと小人の正体は？

むかしむかし、しらゆきとべにばらという仲のよい姉妹が、森に住んでいました。

ある雪の夜のこと、トントンと、ふたりの家の戸をたたく音がします。

「寒くて、寒くてしかたないんです。ひと晩だけ泊めてもらえませんか？」

そうお願いしてきたのは、大きな茶色のクマでした。最初はビックリしましたが、やさしいふたりは泊めてあげることにします。そして、話しているうちにとても仲よくなり、それから毎晩、クマは遊びにくるようになりました。

ところが、冬が終わるころ、クマはお別れをいいにきました。

「春になると、悪い小人がぼくの宝物を盗みに地下からやって来るんです。見張らないといけないので、もうこの家には来られません」

それからしばらくして、ふたりがたきぎ拾いに森へ行くと、倒れた木の下敷きになっている小人を見つ

豆知識　姉妹の名前は、庭に咲いていた花の色にちなんで名づけられました。

けました。見ると小人の長いひげが枝にからまっています。「えいっ」と、しらゆきはひげを切って小人を助けてあげました。ところが、小人は「よくも、わしの大事なひげを切ったな」と怒って、お礼もいわずに、さっさと行ってしまいました。

またある日、ふたりが川に行くと、この間の小人が、今度は魚にひげをくわえられているのを見つけます。べにばらは小人のひげを切って助けてあげましたが、またまた小人はお礼もいわずに、怒りながら行ってしまいます。

「感じの悪い小人ね。でも、見て見ぬふりなんてできないわ」といって、ふたりは家に帰りました。

それからまたしばらくして、今度はワシにさらわれそうになっている小人を見つけました。「今、行くから待ってて」といって、ふたりが小人を助けたそのときです。

とつぜん、クマが現れて、「ぼくの宝石を盗みに来るな！」と、小人をやっつけてしまいました。そう、ふたりが3回も助けた小人は、クマの宝石を盗もうとする盗人だったのです。

「あの小人のひげは魔法のみなもと。ふたりがひげを切ってくれたから、魔法がとけそうだ」

そういうと、毛皮がスルスルとはがれ、クマは美しい王子に変身。しらゆきは人間に戻った王子と、べにばらは王子の弟と結婚し、いつまでも4人で仲よく暮らしたのでした。

想像してみよう　あなたなら、お礼をいわない人が困っていたらどうしますか？

日本の昔話

かわいいタヌキは町の人気者

ぶんぶく茶がま

むかし、あるところに貧しい男がいました。男が外に出ると、ワナにかかっている1匹のタヌキがいるではありませんか。かわいそうに思った男は、タヌキをワナから逃がしてやりました。

その夜、男の家の戸をトントンとたたく音がしました。男が戸を開けると、そこには昼間に助けてやったタヌキがいます。

「助けてもらったお礼です。おいらが茶がまに化けるので、それを売ってお金にしてください」

タヌキはそういってクルッと宙返りをすると、それはそれは立派な茶がまに姿を変えました。

男はとてもおどろきましたが、次の日、知りあいのおしょうさんのもとへ、その茶がまを持っていくことにしました。

「これはたいした茶がまだ。ぜひ、もらいたい」

ところが、おしょうさんがさっそく茶がまを火にかけお湯をわかそうとすると、

「あちちちち！　おしりがやけちまうよ！」とさけびます。

そして、茶がまからタヌキの手

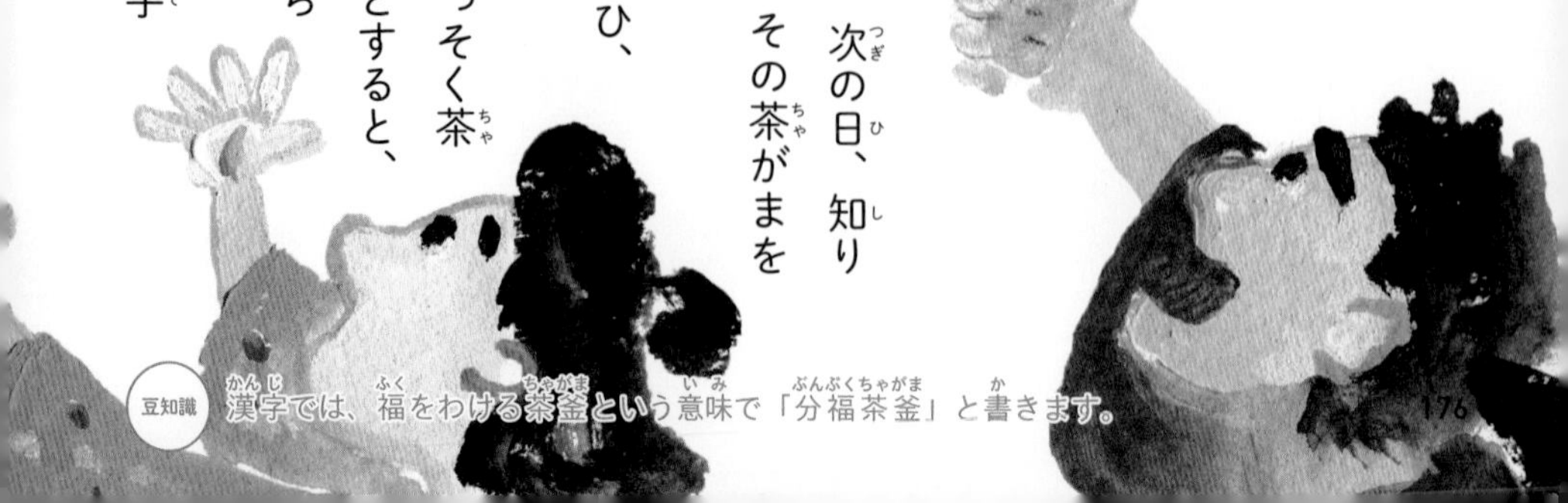

豆知識　漢字では、福をわける茶釜という意味で「分福茶釜」と書きます。

足と首が出てきたのです。おしょうさんはびっくり！

「なんと不気味な茶がまだ。持って帰れ！」

怒ったおしょうさんに、男とタヌキは追い出されてしまいました。それでも、タヌキはあきらめません。お腹が茶がまのまま、タヌキはいいました。

「今度こそちゃんと恩返しをさせてください。おいらがこの姿で町でつな渡りをしますので、どうか人を集めてきてください」

タヌキがそういうので、男はつなを持ってタヌキとともに町へ向かうことにしました。

町に着き、男は道のはしとはしにつなをはって、さけびます。

「さあさあ、見てらっしゃい。世にもめずらしいタヌキのつな渡りだよ！よそでは見られないよ！」

すると、町の人がみるみる集まってきました。たくさんの人たちの前で、茶がまのお腹をカンカンとたたきながら、タヌキはじょうずにつなを渡ります。

その様子がおもしろく、そしてかわいらしく、タヌキを見る人はみんな大よろこび。タヌキは町の人気者となり、つな渡りは大はんじょうしました。

男はタヌキといっしょに暮らし、お金に困ることはありませんでした。

想像してみよう　あなたなら、どの動物と台所の道具を組みあわせるとかわいいと思いますか？

世界の昔話
ペロー

ご主人さまを幸せにしよう!

長靴をはいた猫

これは、粉ひきの息子と、頭のよい猫のお話。お父さんは息子に、1匹の猫をのこして死んでしまいました。

「猫がいても、なんの役にも立たないよ」

粉ひきの息子がグチをこぼすと、「まあまあ。ぼくに長靴と大きな袋を用意してください。必ずお役に立ってみせますよ」と、猫がいいます。

粉ひきの息子はしかたなくそれらを用意してやると、猫は大よろこび。長靴を履いてさっそく森に出かけていきました。すると、森のあちこちにウサギがピョンピョンとはねています。

「よし、このウサギをつかまえて、王さまのところに持って行こう。王さまはウサギが大好きだから、よろこぶにちがいない」

猫は、粉ひきの息子に用意してもらった大きな袋いっぱいにウサギを捕まえると、王さまのお城へ向かいました。

「王さま、わたくしのご主人であるカラバ侯爵から、ウサギの贈りものです」

「カラバ侯爵？　はじめて聞く名だが、礼をしなくては。今から会いに行こうではないか」

豆知識　このお話が書かれた17世紀の西欧では、長靴は男性だけがはくものでした。

カラバ侯爵というのは、猫が勝手に粉ひきの息子につけた名前でした。

「よし、あとは城を用意するだけだ」と、猫は急いで走り出しました。城を用意するといっても、粉ひきの息子は貧乏なので、お城なんて持っていません。猫は森の中へ走っていき、大きなお城に着きました。

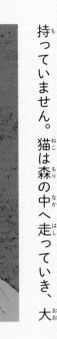

「これが人食い鬼のお城か。よし、このお城をご主人さまのものにしてしまおう」

猫は堂々とした態度でお城の中に入ります。

「人食い鬼さん、あなたはどんなものにも姿を変えられると聞いてやってきました。ネズミにも変われるんですか？」

「そうだ、わたしになれないものなどない」

そういうと、人食い鬼はパッとネズミに姿を変えます。そのときです。猫はネズミに化けた人食い鬼を、パクッと食べてしまいました。

そこへちょうど王さまの馬車がやって来ました。あまりに立派なお城だったので、感心した王さまは、侯爵のふりをした粉ひきの息子とお姫さまを結婚させることにしました。

こうして、粉ひきの息子はカラバ侯爵となり、幸せな日々をすごしたのでした。

想像してみよう　あなたが猫だったら、粉ひきの息子になにをしてあげますか？

日本の昔話

機織りが得意な娘の正体は？

つるの恩返し

むかしむかし、あるところに、おじいさんとおばあさんが暮らしていました。ある日、おじいさんが町に行こうと歩いていると、田んぼの罠にかかってもがきくるしんでいる、1羽のつるを見つけました。

「ああ、かわいそうに」。心やさしいおじいさんはつるの体に巻きついた罠をとってやり、ケガを手当てして逃がしてあげました。

それからしばらくたった、雪の夜のことです。コンコンと、おじいさんの家の戸を叩く音が聞こえます。戸を開けると、白い着物を着た美しい娘が立っていました。

「このひどい雪で道がふさがってしまい、家に帰れないんです。泊めてくれませんか？」

「こんなぼろ家でいいなら、何日でも泊まっていきなさい。ほら、お入り、お入り」

娘はお礼にごはんをつくったり、掃除をしたりと、たくさんはたらきました。おじいさんとおばあさんには子どもがいなかったので、ほんとうの娘ができたようだと、よろこびました。

何日もふり続いた雪がやっとやんだある日のこと。すっかり仲よくなったおじいさんとおばあさんに、娘は「養子にしてほしい」といいます。おじいさんたちはおどろきましたが、よろ

豆知識　つるは縁起のよい生きものとして昔から親しまれてきました。

こんで受け入れました。

娘は反物を織るのが得意で、時間があればずっと機織り機に向かっていました。ですが、娘は機を織る姿を、けっしてふたりに見せません。「絶対に見てはいけませんよ。なにがあってものぞいてはなりません」というのです。

娘のつくる反物はとても美しく、町で高い値で売れました。それから来る日も来る日も、娘は機を織り続け、だんだんやせていきました。

ある日、おじいさんは心配になって、娘の部屋の戸を少し開けてのぞいてしまいます。すると、そこにいたのは1羽のつるでした。

「見てしまったのですね。わたしは田んぼで助けてもらったつるです。お礼がしたくて人間の姿になっていたのです」

ほんとうの姿を見られてしまったつるは、どこかへ飛び去ってしまいました。

想像してみよう　あなたなら、「見てはいけない」といわれたら、約束を守れますか？

ラプンツェル

塔の上に閉じこめられた長い髪の女の子

お腹に赤ちゃんがいる奥さんが、隣の庭になっている、おいしそうな菜っ葉を見つけました。奥さんは菜っ葉を食べたくてたまらなくなり、夜中にだんなさんがとりに行きました。

菜っ葉を食べた奥さんは、あまりのおいしさに、また食べたくなります。だんなさんがまた隣の庭にとりに行くと、目の前にひとりの魔女が立っていました。その庭は、魔女の庭だったのです。知らなかっただんなさんは、必死にあやまります。

「許してやるが、その代わり、生まれてくる子どもはわたしに渡すんだよ。さもないと……」

こわくなった夫婦はいわれるがままに約束し、女の子が生まれると魔女につれていかれました。魔女は女の子をラプンツェルと名づけ、12歳になると森の中の高い塔の上に閉じこめました。

塔には入口も階段もありません。魔女がラプンツェルに会うときは、大きな声でさけびます。

「ラプンツェル、ラプンツェル、髪の毛をおろしておくれ！」

ラプンツェルは金色のとても長くて美しい髪

豆知識　ラプンツェルの和名はノヂシャ。サラダなどで食べられる植物です。

を持っていました。窓からおろしたその髪をつたって、魔女は塔を登るのです。

何年かたったころ、森にひとりの王子が迷いこんできました。なにやら美しい歌声が聞こえるので行ってみると、高い塔の上で少女が歌っているではありませんか。すっかり聞きほれた王子は、毎日歌を聞きに塔をおとずれました。

あるとき、王子は、魔女が塔に登る様子をたまたま見てしまいます。暗くなってから、王子は魔女と同じようにさけんでみました。

「ラプンツェル、髪の毛をおろしておくれ！」

髪をつたって塔にのぼった王子は、ラプンツェルのあまりの美しさにびっくり。ラプンツェルもはじめて見る男の人に興味津々です。ふたりはすぐに恋に落ちました。

しかし、ふたりがこっそり会っていることに気づいた魔女は、もうカンカンです。ラプンツェルを砂漠に追いやり、王子の目を魔法でつぶしてしまいました。

目の見えなくなった王子は数年間、森をさまよい砂漠にたどり着きました。ついにふたりは再会し、ラプンツェルは涙を流します。その涙がスーッと王子の目に入ると、たちまち王子の目が元どおりになおったではありませんか。

王子は自分の国へラプンツェルをつれて行き、ふたりは結婚して幸せに暮らしました。

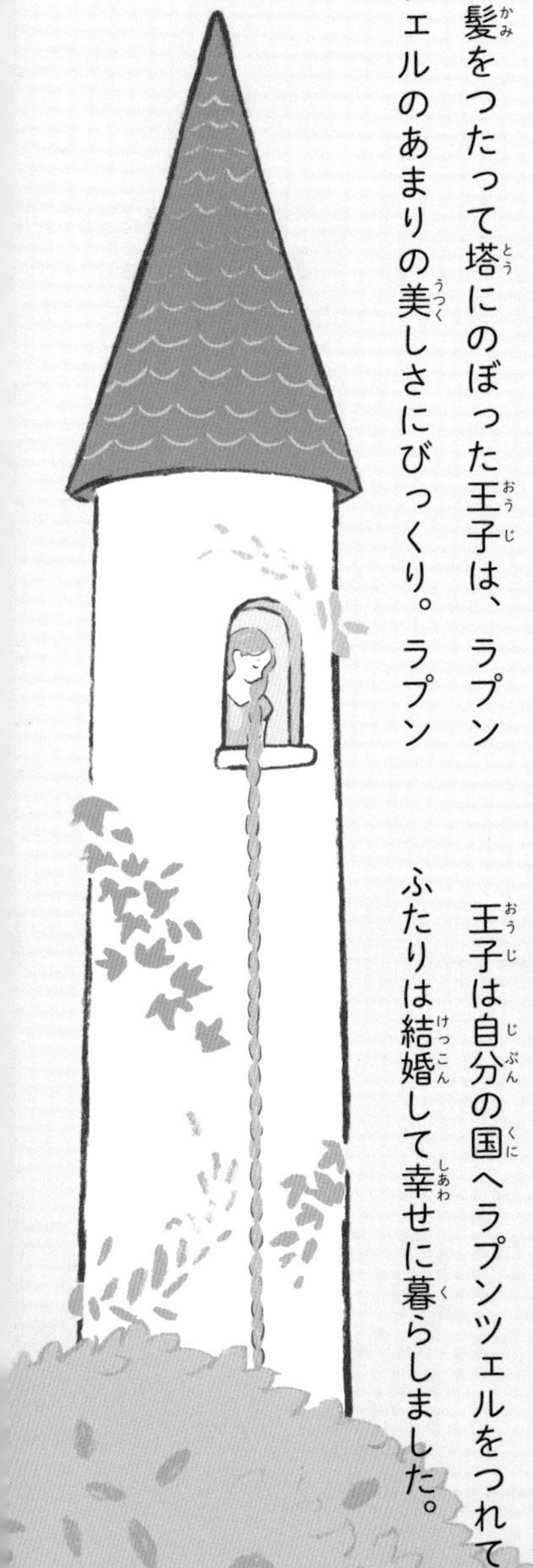

想像してみよう　どうして魔女はラプンツェルを閉じこめたのでしょう？

落語

頭山

満開の桜を見てお花見。その場所は？

とにかくケチで有名な男のところに、おいしそうなさくらんぼが山ほど送られてきました。さくらんぼが大好きな男は大よろこび。パクパク、ムシャムシャ、一度にたくさん食べてしまいます。

あまりにもさくらんぼがおいしいので、急いで食べていたら、種をゴクンと飲みこんでしまいました。

「まあ、気にすることはねえや」

男はのん気に過ごしていましたが、季節が春になると、男のお腹の中で種が芽を出し、どんどん伸びて、なんと頭のてっぺんから桜の木が生えてきてしまいます。そして、4月になると、頭の上の桜は満開になりました。

「なんてきれいな花なんだろう。これは花見をするしかねえ！」

男の心配をよそに、近所の人たちは男の頭の上の「頭山」で花見をするようになりました。わちゃわちゃ、ガヤガヤ、頭の上は毎日が宴会騒ぎです。

「やい、うるさい、うるさい！　こんな桜の木はひっこ抜いてしまおう」

騒ぎに嫌気がさした男は、植木屋さんに頼んで頭の上の桜の木を抜いてしまいました。です

豆知識　上方落語では「さくらんぼ」の題名で演じられています。

が、木を抜いたところはポッカリと穴があいてしまいます。すると、今度はそこに水が溜まり、池となったのです。

「なんて大きな池なんだろう。これは釣りをするしかねえ！」

男の悩みをよそに、近所の人たちはおじさんの頭の上の「頭池」で釣りをするようになりました。わちゃわちゃ、ガヤガヤ、またもや頭の上では毎日、宴会騒ぎです。

そして季節が夏になると、「頭池」に屋形船をうかべて、その中でおいしい料理やお酒を楽しむ遊びがはやりました。さらに、花火大会まで開かれるというのです。

ヒューーー、ドン
ヒューーーー、ドン
太鼓がトントン
三味線がシャンシャン

あまりのうるささに、男は「やかましい！」といい、自分の頭の池に飛びこんで、死んでしまいました。

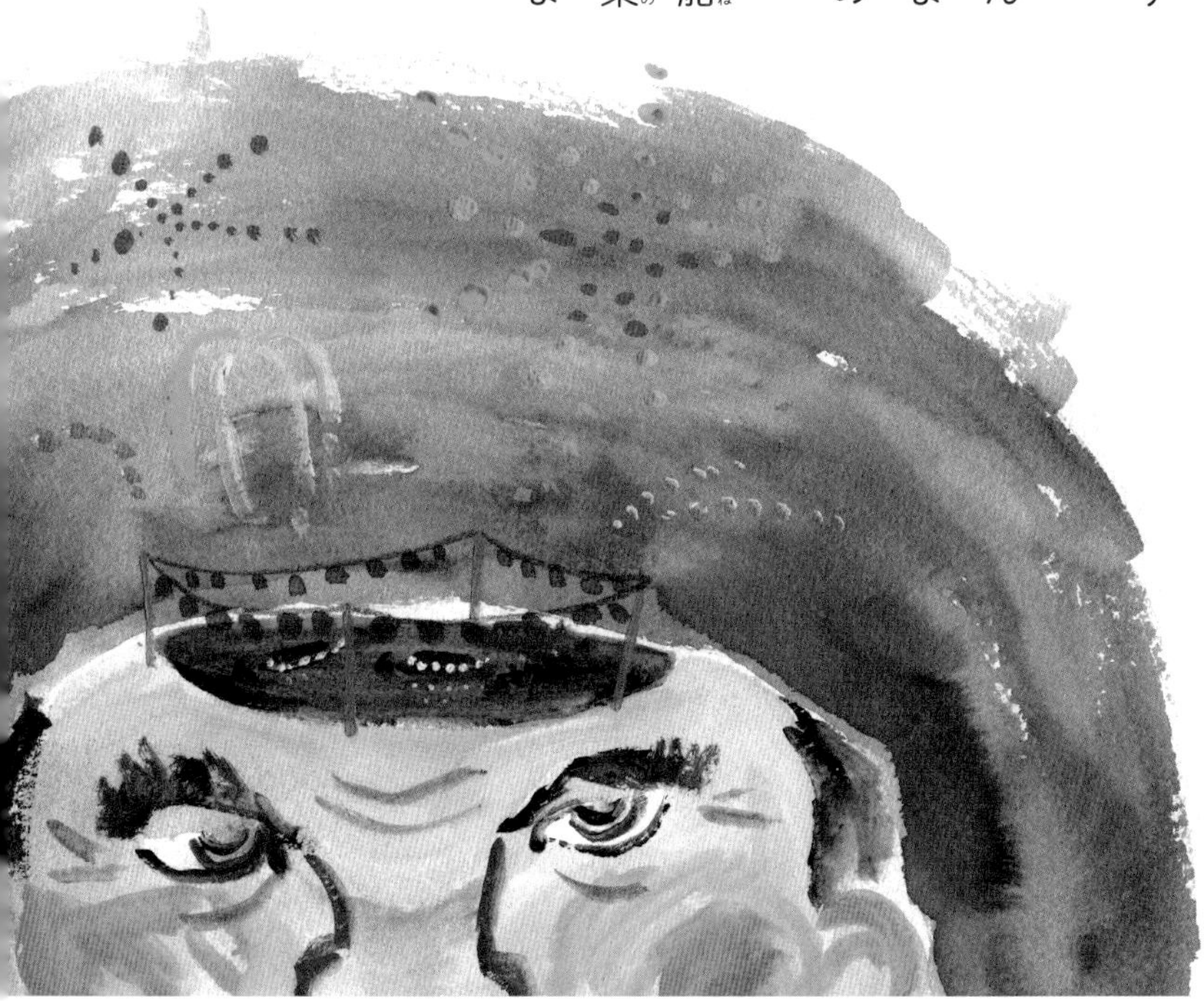

想像してみよう　あなたの頭の上に木が生えてきたら、どうしますか？

女の子を助けてくれた、ふしぎな森

12の月のおくりもの

むかしむかし、あるところに、お母さんとふたりの娘が暮らしていました。姉のホレーナはほんとうの子どもでしたが、妹のマルーシカは新しいお父さんがつれてきた子です。お母さんとホレーナは、あまりに美しいマルーシカを、いつもいじめていました。

12月の終わりの寒い日のこと。姉のホレーナが、「マルーシカ、スミレのにおいがかぎたいわ。スミレの花を集めてきなさい。それまで家には入れないわよ」と、いい出します。

マルーシカは泣きながら森へ行きましたが、雪が積もる冬の森に、スミレが咲いているわけがありません。こごえそうになっていると、遠くになにやら明かりが見えてきました。

その明かりのほうへ行ってみると、たき火のまわりに12人の男が座っていました。12の月の精だという彼ら。そのうちのひとり、12月の精がたずねます。

「娘さん。こんな森にどうして来たんだい?」

「スミレを見つけないと、家に帰れないの」

それを聞いた3月の精が「かわいそうに。おれにまかせな」と、杖をふりはじめました。

すると、みるみる雪がとけ、草花が生いしげってきたではありませんか。森一面が春に

豆知識 スミレは3〜5月ごろに、北半球のあたたかい地域で咲きます。

なったのです。スミレも咲いています。マルーシカはスミレをつみ、12人にお礼をいって帰りました。

　スミレを持ってきたマルーシカを見て、ホレーナとお母さんはびっくり。

「どこでつんできたんだい？」

「森の中に、たくさん咲いていました」

　くやしくなったホレーナは、イチゴやリンゴなど、冬にとれないものばかり、マルーシカに持ってくるよういいつけます。しかし、イチゴのときには6月の精が、リンゴのときには9月の精が、マルーシカを助けてくれました。

　なにをいっても持ち帰ってくるマルーシカに、腹を立てたホレーナ。

「見てなさい！　わたしがもっとたくさんのリンゴをとってきてやるわ！」

　そういって、森へ飛び出していきました。もちろん、リンゴは見つかりません。

　やがて、ホレーナも12の月の精に会いました。ところが、「じゃまよ！　どきなさい！」といって、12の月の精を押しのけ、たき火にあたったのです。怒った12月は、ものすごい吹雪を起こしました。

　そのままホレーナも、探しに行ったお母さんも、帰ってくることはありませんでした。

想像してみよう　あなたなら、12の月の精に何月に変えてほしいですか？

日本の昔話

花さかじいさん

かわいがっていた犬が花を咲かせる

むかし、正直者のおじいさんとおばあさんがおりました。ふたりはシロという名の犬を飼っていて、とてもかわいがっていました。

ある日おじいさんがシロと散歩に行くと、とつぜんワンワンと吠えはじめます。なにかと思い地面をほってみると、そこから大判小判がザクザク出てきました。

その様子を見ていた、となりのいじわるじいさん。おじいさんからむりやりシロを借りて、散歩につれていきましたが、シロはぜんぜん吠えません。

疲れたシロが座りこんだ場所をほってみると、そこからはヘビがうじゃうじゃ出てきます。怒ったいじわるじいさんは、シロを殴りころしてしまいました。

「ああ、かわいがっていたシロが死んでしまったよ」

かなしんだおじいさんは、家の庭の木の近くにシロを埋めました。その木はぐんぐん成長したので、切って臼をつくり、もちをつきました。すると、もちが小判に変わるではありませんか。

その様子を見ていたいじわるじいさんは、うらやましくなり、もちをつかせてもらいました。しかし、出てきたのは小判ではなく、またもや

豆知識　このお話は室町時代から江戸時代にかけて、つくられました。

たくさんのヘビです。怒ったいじわるじいさんは、臼を燃やしてしまいました。

臼はパチパチと燃えていき、すべて灰になってしまいました。かなしんだおじいさんが、その灰を集めていると、風が吹いて灰が飛び散りました。すると、あらふしぎ。灰のかかったかれ木のあちらこちらに花が咲きました。

「おお、シロが花を咲かせてくれた」

おじいさんは「かれ木に花を咲かせましょう！」と、泣きながら灰をまき続けると、かれ木に満開の桜が咲きました。

それを、たまたま通りがかったお殿様が見て大よろこび。「見事な桜じゃ。あっぱれ」と、おじいさんにほうびをたくさんくれました。

おもしろくないのはいじわるじいさん。おじいさんから灰をうばって木の上から巻きました。ところが、花はひとつも咲かず、お殿様に灰がかかってしまいます。いじわるじいさんは家来につかまって、牢屋に入れられてしまいました。

想像してみよう　あなたなら、灰をどこにまいてみたいですか？

世界の昔話
グリム

みにくいカエルとの約束をやぶったお姫さま

カエルの王子

ある国のお姫さまが、金のまりをついて遊んでいたときのこと。手がすべって、金のまりがコロコロと転がって泉に落ちてしまいました。お姫さまがかなしくて泣いていると、泉の中から気味の悪い1匹のカエルが現れました。

「あなたが落としたまりを、ぼくが拾ってきてあげましょう。でもその代わりに、ぼくと友達になってください。ごはんをいっしょに食べたり、あなたのベッドで寝かせてくれますか？」

「いいわ、約束しましょう」

カエルと約束をしたものの、お姫さまは「カエルが人間と友達になれるはずがない」と思っていました。

池のそばでしばらく待っていると、カエルが泉から金のまりを持ってきます。

お姫さまはよろこんでまりを受けとると、そのまま帰っていきました。カエルはひっしに追いかけましたが、お姫さまは振り向きもせず、お城に帰ったらカエルのことはすっかり忘れてしまいました。

次の日、お姫さまが食事をしているとお城の

豆知識　このお話は、1812年に発売された『グリム童話』の初版に載っています。

扉をたたく音が聞こえてきました。

「お姫さま、開けてください。約束をお忘れですか」

きのうのカエルだとわかったお姫さまはびっくり。王さまにきのうのできごとを話すと、「約束を守らないのはよくない」とお姫さまをしかり、カエルを食事の席に招きました。

夕食が終わってお腹がいっぱいになったカエルは、「約束どおり、お姫さまのベッドで寝かせてください」といってきました。いやがったお姫さまは、カエルをつかんで壁に投げつけてしまいます。

「いてて……」

カエルが壁に当たった瞬間、なんと人間の姿になったのです。それも、とっても美しい王子さまの姿でした。

「魔法をといてくれて、ありがとう。いじわるな魔女にのろいをかけられて、みにくいカエルにされていたんだ」

わけを聞いて、今までの無礼をあやまったお姫さまは、王子さまと仲直り。ふたりは結婚し、末永く仲よく暮らしたのでした。

想像してみよう　カエルが友達になりたいといってきたら、どうしますか？

世界の昔話
グリム

まよった森で見つけたのはおかしの家でした。

ヘンゼルとグレーテル

むかしむかし、ある森の近くに貧しい木こりの夫婦とふたりの子どもが住んでいました。兄はヘンゼル、妹はグレーテルといいました。

あるとき、とうとう食べものがなくなり、お母さんは、子どもたちを森に捨てようといい出しました。お父さんは反対しますが、いくらいってもむだです。その話を、兄のヘンゼルは寝室で聞いていました。

次の朝、4人は森に行きました。しかし、お昼ごろに木を切りにいくといったっきり、お父さんもお母さんも戻ってきません。

「平気さ、目じるしに石を置いてきたんだ」

ヘンゼルは、グレーテルの手をとって石をたどりながら、なんとか家に帰ることができました。

何日かたち、お母さんは、ふたりを森のもっと深いところにつれ出します。ヘンゼルは石の代わりに、パンをちぎって落として歩きました。ところが、目じるしにしようと思ったパンは鳥に食べられてしまい、帰り道がわからなくなってしまいました。

ふたりが森をさまよっ

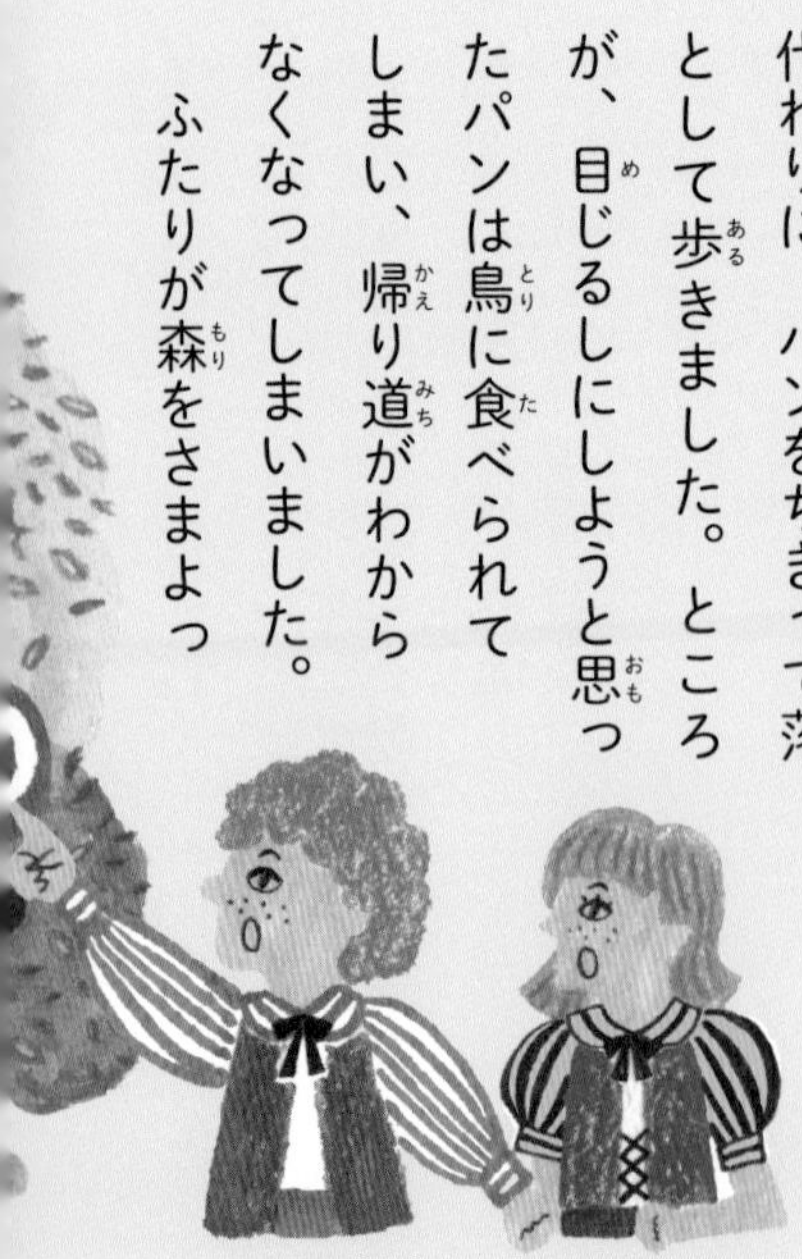

豆知識 ヨーロッパが食料不足のときに書かれたお話です。

ていると、１軒の小さな家を見つけます。近づいてみると、なんとそれは、チョコレートやビスケットでできたおかしの家でした。ふたりはお腹がすいていたので、夢中でおかしの家にかじりつきます。

　すると、中からやさしそうなおばあさんが出てきました。おばあさんは、「お腹がすいていたんだね。中へお入り」と家に招いて、たくさんのごちそうを出してくれました。

　その日の夜、ふと目を覚ましたヘンゼルは、おばあさんが「早く太らせて、あの子らを食べたいねぇ」とつぶやいているのを聞いてしまいました。やさしそうなおばあさんは、じつは悪い魔女だったのです。

　待ちきれなくなった魔女はグレーテルにかまどの火をつけさせます。グレーテルが「火かげんは、これくらい？」と聞くと、魔女はかまどをのぞきこみました。そのしゅんかん、グレーテルはうしろから魔女をかまどの中につき飛ばしたのです。

　ふたりはおかしの家を逃げ出し、ようやく家にたどり着きました。いじわるなお母さんは死んでしまっていて、お父さんはふたりにあやまりました。それから、ヘンゼルとグレーテルはお父さんと3人で、仲よく暮らしました。

想像してみよう　あなたがお菓子の家をつくるなら、どんなお菓子でつくりますか？

日本の昔話

目も鼻も口もない妖怪に出会ったら……

のっぺらぼう

むかしむかし、江戸時代のころのお話。ピューッと風が吹く肌寒い日に、ひとりの男が夜道を歩いていました。人どおりの少ない道にさしかかったとき、ふと、道のはしにひとりの女がしゃがみこんでいるのを見つけました。

どうやら、女はしくしくと泣いているようです。

「おじょうさん、大丈夫かい？」

男は心配で声をかけました。女はなにもいいません。

「そんなところにいちゃ、かぜをひくよ。いったいなにがあったんだい？」

すると、女はゆっくり顔を上げました。

その顔を見た男はびっくりぎょうてん！　なんと、目も鼻も口もない、のっぺらぼうだったのです。

豆知識　タヌキやキツネが化けていた、というオチもあります。

「うわあー！」

男はいちもくさんに走って逃げました。

どれくらい走ったでしょう。へとへとになった男は、そば屋の屋台を見つけたので、休むことにしました。

ようやく人のいるところに来て安心した男は、息をきらしながら、席に着きました。そば屋のだんなは、しこみのさいちゅうなのか、うしろを向いたまま聞いてきます。

「そんなに息をきらして、いったいなにがあったんだい？」

「いやあ、それがね……。さっきとんでもないものを見たんだよ。その……目も……鼻も口もない……」

息がきれているので、うまく言葉になりません。しかし、だんなはたいしておどろく様子もなく、落ちついた声でいいました。

「それって、もしかして……」

だんなが、すうっとふり返ります。

「こんな顔でしたか？」

ふり返っただんなの顔には、目も鼻も口もありませんでした。

「また出たー！」

あまりにおどろいた男は、そのまま気をうしなってしまいました。

想像してみよう　夜道で会った人がのっぺらぼうだったら、あなたはどうしますか？

世界の名作
キャロル

穴の底に広がるおかしな世界

ふしぎの国のアリス

天気のよい晴れた日の午後のこと。アリスはお姉さんとピクニックをしていました。ですが、せっかく外にいるのにお姉さんは本を読んでばかり。アリスは、ゆれる木々の葉をボーっと眺めていました。

「遅刻しちゃう、遅刻しちゃう」

どこからか声が聞こえます。あたりを見回すと、服を着た白ウサギが人間の言葉を話しながら走っているではありませんか。おどろいたアリスは、白ウサギを追いかけていきました。

白ウサギが木の根元にある穴に体をすべらせると、アリスもそこに体をすべりこませ、深い

深い地面の底まで落ちていきました。

たどり着いたのは家の広間です。地下にこんなところがあるなんてびっくり。それに白ウサギの姿も見あたりません。

広間には扉がありましたが、小さすぎてとおれません。アリスがどうしようかと考えていると、近くに「飲んで」と書いてある小びんを見つけました。

「ええい、こうなったら飲んでしまおう」

やけになって、小びんの中の液体をぐびっと

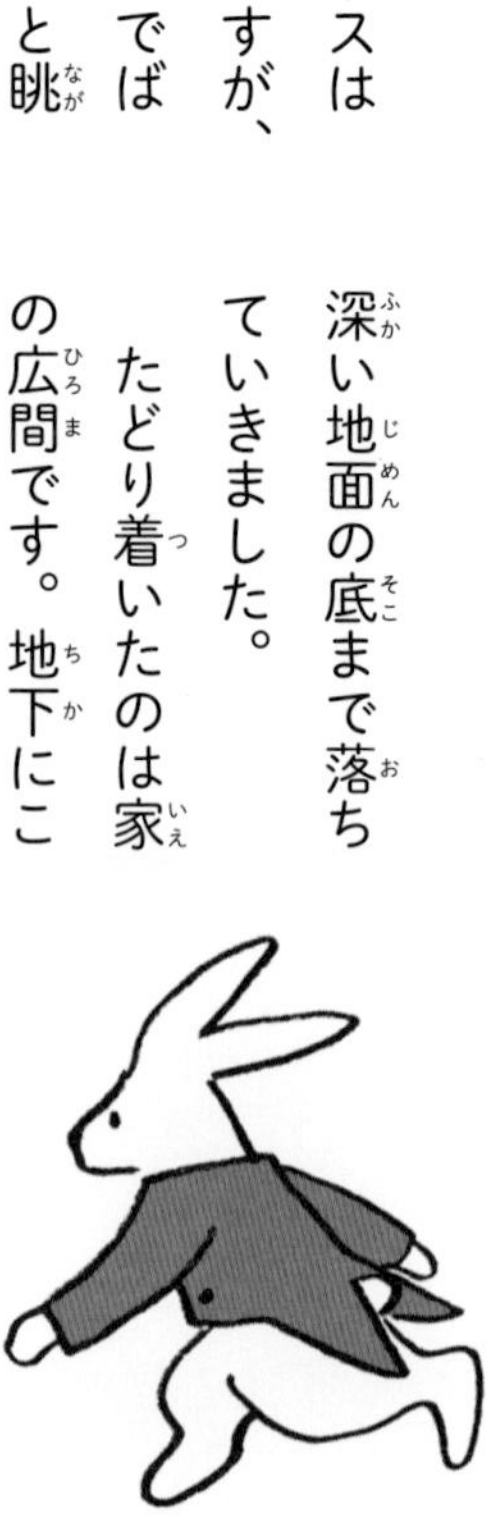

豆知識 作者キャロルが知人の少女アリスのために即興でつくったお話です。

飲んだそのときです。アリスの体はぐんぐん縮んでしまったのです。

あわてたアリスは、近くにあった「食べて」と書かれたケーキをパクリ。そしたらふしぎ、体が伸びて部屋から出られなくなりました。

「なんなの、ここは。もうなにがなんだか、さっぱりわからないわ」

頭を抱えていると、白ウサギが家に戻ってきました。アリスの姿を見て、白ウサギはびっくり。たまらず持っていたケーキを、アリスに投げつけてしまったのです。

アリスは顔についた生クリームをペロリ。すると、体はもとどおりの大きさになって、無事に家から出られたのでした。

そのまま森のほうに進んでいくと、「あっちには、ぼうし屋と3月ウサギが住んでいる家があるよ」と、よびとめられます。上を見ると、木の上にニヤニヤ笑うチェシャ猫がいました。

チェシャ猫の言葉どおり家に行ってみると、そこにはヤマネもいて、3人でお茶会の真っ最中。答えのないなぞなぞを出しあったり、歌を歌ったりと、とても奇妙なところです。

「なんだか、おかしなお茶会ねえ」

アリスは好き勝手にふるまう彼らに嫌気がさし、席を立ちました。

想像してみよう　あなたなら、ふしぎの国で、どんなことをしてみたいですか？

また歩きはじめると、今度は裁判所にたどり着きます。トランプのハートのジャックが、ハートの女王のタルトを盗んだ疑いでうったえられているではありませんか。なにも事情を知らないアリスがボーっと裁判の様子をながめていると、なぜかアリスも証人として法廷に立つことになりました。

ですが、裁判はインチキばっかり。アリスはたまらず裁判官たちに食ってかかります。

「あなたたち、さっきからうそばっかりじゃない！　トランプのくせに！」

すると、トランプたちはいっせいにまい上がってアリスに飛びかかりました。

「きゃあ！」

次の瞬間、アリスは自分がお姉さんの膝の上で寝ていることに気がつきました。

「なんだか、とってもふしぎな夢だったわ」

6章

失敗から学べる
おはなし

日本の昔話

飲めば飲むほど若くなる

若返りの水

むかし、あるところに、おじいさんとおばあさんが仲よく暮らしていました。

おじいさんは毎日、山にたきぎを集めに行っていました。しかし、もうずいぶん年をとっていたので、体のあちこちがいたくてしかたがありません。

ある日、おじいさんがいつものように山に行くと、チョロチョロとわき水が流れているのを見つけました。山道を歩いてつかれていたおじいさんは、これはありがたいと、その水をすくって、ひと口飲みました。すると、なんだか体がかるくなった気がします。水を飲むごとにおじいさんは、どんどん元気になりました。

おじいさんが家に帰ると、おばあさんはびっくり。帰ってきたおじいさんは、若かりしころのおじいさんの姿をしていたのです。

豆知識　このお話は山梨県の昔話といわれていますが、似た話が世界中にあります。

「なるほど、体がかるくなったのは、若返ったからじゃったか。若返りの水のうわさは聞いていたが、ほんとうにあるとはのう……」

おじいさんは、若返りの水の場所をおばあさんに教えてあげました。

次の日、おばあさんははりきって山に出かけて行きました。おじいさんは、若返ってきれいになったおばあさんと会えるのが楽しみで、ドキドキしながら待っていました。

しかし、いつまでたってもおばあさんは帰ってきません。おじいさんは心配になり、山へむかえに行きました。若返りの水の近くまで来たとき、赤んぼうの泣き声が聞こえてきます。まさかと思って見に行くと、おばあさんの着物にくるまった赤んぼうが、オギャー、オギャーと泣いていました。

「ああ、ばあさん。よくばって、水を飲みすぎてしまったんじゃな……」

すっかりかなしくなったおじいさんは、赤んぼうを抱いて、とぼとぼと家に帰りました。そして、だいじにだいじに育てました。

想像してみよう　あなたなら、若返りの水を見つけたらだれに飲ませたいですか？

世界の昔話
イソップ

競争したら勝つのはどっち？

ウサギとカメ

ある日、カメが道を歩いていると、ウサギが話しかけてきました。

「カメさんは、あいかわらず歩くのが遅いね」

バカにされたカメは、負けじといい返します。

「ウサギさんは足が速いけど、競争したらぼくは負けないよ」

ムッとしたウサギは、どちらが速いか、カメと丘の上まで競争することになりました。

「よーい、どん！」

スタートすると、足の速いウサギはピョンピョンと跳ねて、みるみるうちに遠くまで走っていきました。カメもがんばって走りますが、少しずつしか進みません。

丘の真ん中で、ウサギがふり返って

豆知識　イソップ寓話の原題は「かめとうさぎ」。名前の順番が逆です。

見てみると、カメはまだふもとのあたりです。

「ほらね。ぼくがカメさんに負けるわけがない。しばらく昼寝でもしていよう」

ウサギは木かげでゴロンと横になりました。今日はポカポカしていい天気。ウサギはぐっすりと眠ってしまいました。

そのころカメは、もくもくと走り続けていました。そして、とうとう昼寝しているウサギが見えてきました。そのままカメはウサギを追い抜き、せっせと走り続けます。

それからしばらくして、お日さまがかたむきかけたころ、ウサギは目を覚ましました。

「しまった。眠りすぎた！」

あわてて、ウサギは全速力でカメを追いかけました。しかし、カメはもう丘の上です。

「カメさんの勝ち！」

カメがゴールすると、競争を見ていた動物たちが大きな声でいいました。

ウサギはゆだんしたことを、とてもくやしがりました。

想像してみよう　あなたなら、自分より速い相手と競争しますか。

日本の昔話

いたずらタヌキをこらしめろ！

かちかち山

むかしむかし、おじいさんとおばあさんが仲よく暮らしていました。ところが裏山に、いたずらばかりする悪いタヌキがいて、おじいさんたちは困っていました。

ある日、庭に罠をしかけて、ついにタヌキをつかまえました。おじいさんは、あとでタヌキ汁にして食べてやろうと、なわで台所につるして、買いものに行きます。

その間に、おばあさんがもちをつくっていると、タヌキが「おばあさん、手伝うからなわをほどいてくれよ」といいました。

「いいや、おまえにはだまされないよ」

「また、つるしていいから、お願いだよ」

タヌキがあんまりしつこいので、おばあさんはなわをほどいてやりました。すると、タヌキはもちつきの杵でおばあさんをなぐりころして、山へ逃げてしまいました。

帰ってきたおじいさんは、おばあさんの姿を見て、とてもとてもかなしみます。

そこへ、ウサギがやって来ました。

「おじいさん、ぼくがおばあさんのかたきをとってあげるよ」

次の日、ウサギは

豆知識 火打ち石は、火打ち金と打ちあわせて火をおこす石製の道具です。

タヌキに声をかけました。

「タヌキさん。寒い冬にそなえて、屋根にかけるカヤを刈りにいこうよ」

二匹はたくさんカヤを刈り、背中にせおって帰りました。うしろを歩いていたウサギはカチカチと火打ち石を打ち、タヌキのカヤに火をつけます。

「今のカチカチというのは、なんの音だい？」

「この山にはカチカチ鳥がいるから、カチカチと鳴いているんだよ」

しばらくすると、タヌキのカヤが燃え上がり、タヌキは背中に、大やけどをおいました。

次の日、ウサギはタヌキの家に行きました。

「タヌキさん、背中に薬をぬってあげるよ」

そういって、ウサギはからしをぬりつけます。

「いたい！　ウサギさんなにするんだ！」

「いたいのは、薬がきいてる証拠だよ」とウサギは、そ知らぬ顔をしています。

何日かして、ウサギは船をつくってタヌキを釣りに誘いました。海に行くと、ウサギは茶色い木の船、タヌキは黒い船に乗りこみます。沖まで来ると、タヌキの舟はだんだん水を吸って、とけだしました。黒い船は泥でつくった船だったのです。

「おいおい、ウサギさん、船がとけてきたよ！」

「おばあさんのかたきだ！」

タヌキはおぼれて、海の底にしずんでしまいました。

想像してみよう　あなたなら、タヌキにどんなしかえしをしますか？

世界の昔話
イソップ

あなたが落としたのはどの斧？

金の斧 銀の斧

「よいしょ、よいしょ」

木こりが川の近くで木を切っていたときのこと。手が滑ってしまい、斧が川に落ちてしまいました。

「どうしよう、これじゃ仕事にならない……」

木こりにとって、斧は大切な仕事道具。斧がなければ、その日の仕事はできません。

「今日は仕事を終わりにして、町に斧を買いに行くとするか……」

そう思っていた矢先、川の神・ヘルメスが川の中から姿を現しました。そして、その手には金色の斧を握っているではありませんか。

「あなたが落としたのは、この金の斧ですか？」

金の斧はとっても魅力的です。ですが、木こりは正直に「ちがう」と答えます。すると、ヘルメスは水の中に戻り、今度は銀色の斧を拾ってきました。

「あなたが落としたのは、この銀の斧ですか？」

銀の斧もなかなか魅力的ですが、木こりは正直に「ちがう」と答えます。すると、ヘルメスはまた水の中に戻り、今度は鉄の斧を拾ってきました。

「あなたが落としたのは、この鉄の斧です

豆知識 女神が出てくる話が有名ですが、もとはヘルメスという青年の神でした。

か？」

金の斧や銀の斧に比べ、あまり輝きのない鉄の斧こそ、木こりが落としたものです。

「これです。ありがとうございます。おかげで今日は、日が暮れるまで仕事ができそうです」

正直な木こりの姿に感心したヘルメスは、鉄の斧といっしょに金の斧と銀の斧も木こりに渡しました。

じつは、このやりとりを陰で見ていた人がいます。それは、ずるがしこい木こりです。ずるがしこい木こりは、わざと自分の鉄の斧を川に落として、ヘルメスが差し出す金の斧をもらおうとたくらみました。

「よっと」

ずるがしこい木こりが、川に鉄の斧を落とすと、金の斧を持ったヘルメスが川から現れます。

「あなたが落としたのは、この金の斧ですか？」

「そうです。その金の斧が、わたしのものです」

「この、うそつきめ！」

ヘルメスはずるがしこい木こりのうそを見破り、金の斧も、そしてずるがしこい木こりが落とした鉄の斧も渡すことなく、姿を消したのでした。

想像してみよう　あなたなら、金の斧を出されたらなんと答えますか？

いじわるをされた友達のかたきうち

さるかに合戦

むかしむかし、カニがおにぎりを食べようとしていると、1匹のサルがやって来ました。

「カニさん、このカキの種とおにぎりを交換してあげようか。おにぎりは食べたらなくなるけど、種はうまく育てれば、毎年たくさんカキが食べられるようになるよ」

サルはおにぎりが食べたかったので、そこらに落ちていたカキの種を拾って差し出したのです。そうとは知らないカニは、カキの種を持って大よろこびで家に帰り、庭にうえました。

カニがだいじに育てると、カキの木はどんどん大きくなりました。そして、ついに立派な実をつけます。それを見たサルは、こんなことなら、おにぎりと交換するんじゃなかったと後悔しました。そこで、またいじわるなことを考えます。

「カニさん、おれにカキを分けてくれるなら、木に登ってとってきてあげるよ」

カニはそれならと、サルにカキを分けてあげることにしました。ところが、サルは木に登ると、自分ばかりおいしそうなカキを食べて、カニにはちっとも渡してくれません。

「サルさん、早くわたしにもとってください」

すると、サルは「ほら、これでもやるよ！」

豆知識 カニの仲間に、牛のフンや昆布、卵などが出てくる話もあります。

といって、まだ青くてかたいカキを、カニに思いきり投げつけました。カキにぶつかったカニは、こうらがわれて死んでしまいました。

その様子を見ていた子ガニは、シクシクと泣いてしまいます。泣き声を聞いて、カニの友達の、クリ、ハチ、うすが集まってきました。

カニがころされたと知って、みんなカンカンです。力をあわせて、サルをこらしめることにしました。さっそく、サルの家にしのびこんで、クリはいろりに、ハチは水がめに、うすは屋根の上にかくれました。

しばらくして、サルが帰ってきました。あつあつのクリは、パーンッとはじけてサルの顔に体あたり。サルが顔がひやそうと水がめのふたをとると、今度はハチが出てきて、チクン！ サルはあわてて外に飛び出しました。そこへ、屋根の上からうすがドシーン！ サルはぺちゃんこにつぶれてしまいました。

想像してみよう あなたなら、おにぎりとカキの種のどちらがほしいですか？

世界の昔話
イソップ

だれにも助けてもらえなかったオオカミ少年

うそつきのヒツジ飼い

あるところに、ヒツジ飼いの少年がいました。草原でヒツジを見張っているのに退屈した少年は、あるいたずらを思いつきます。

「みんなー！　オオカミが出たぞー！　逃げろー」

少年はとつぜんさけびながら、丘をかけおりました。村の人はみんな大さわぎ。くわや棒を手に、かけつけてきました。

「オオカミはどこだ」

「もう逃げちゃったよ」

オオカミが出たというのは少年のうそなので、いるはずがありません。

「しめしめ、これはおもしろい」

味をしめた少年は、それからもたびたび「オオカミが出た」とうそをついては、村人が大さわぎしてかけつけてくるのを、おもしろがっていました。

ですが、何度かけつけてもオオカミはいないので、しだいに村人は少年

豆知識　うそをついてばかりの人を、「オオカミ少年」とよんだりします。

のいうことを信じなくなってしまいます。そのうち、少年のことを「うそつきのヒツジ飼い」とよぶようになりました。

それから何日かたったある日のこと。少年が「今度はどんなうそでみんなをおどろかそうかな」と考えていると、なんと丘に本物のオオカミがやってきました。

あわてた少年は、「みんなー！ オオカミが出たぞー！ 逃げろー！」とお腹の底から声を出して、さけびます。

ですが、村の人はだれも助けにきてくれません。

「また、うそつきのヒツジ飼いが、おれたちをだまそうとしているよ」と、あきれていました。すると、だんだんと少年の声が小さくなり、いつしか聞こえなくなりました。

「あれ、なんだか様子がおかしいぞ」

そう思った村の人が丘に行ってみると、少年の姿も、ヒツジの姿もそこにはありません。少年もヒツジも、オオカミに食べられてしまったのでした。

 想像してみよう あなたは、これまでにどんなうそをついたことがありますか？

日本の昔話

舌切りスズメ

心やさしいおじいさんがもらったプレゼント

むかしむかし、おじいさんとおばあさんが一羽のスズメを飼っていました。あるときスズメは、おばあさんがつくった洗濯のりをぜんぶ食べてしまいました。怒ったおばあさんは、ハサミでスズメの舌を切ってしまいます。

「チュンチュン……」

舌を切られたいたみとかなしみで、スズメは逃げてしまいます。心のやさしいおじいさんは、それを知ってスズメにあやまりに行くことにしました。

「スズメのお宿は、どこかいな」と山を歩いていると、竹やぶのほうからか「チュンチュン!」と、元気な鳴き声が聞こえてきました。近づいてみると、舌を切られたスズメとその家族が仲よく歌っています。

「おばあさんが、きみを傷つけたようだね。すまなかったな」

おじいさんが心の底からあやまると、許してくれたスズメが家に招いてくれるというではありませんか。スズメについて行ったおじいさんは、スズメの踊りを見たり、ごちそうを食べたりと、楽しい時間を過ごしました。

そろそろ帰ろうとすると、スズメが大きなつづらと小さなつづらを持ってきて、いいました。

「どちらかひとつを持って帰ってください。でも、道中で開けてはいけませんよ」

「わしは年だから、小さなほうをもらうとするよ」

おじいさんは、家に帰って小さなつづらを開けてみると、そこには小判がどっさりと入っていました。その話を聞いたおばあさんは自分もつづらをもらおうと、大急ぎで竹やぶに行きました。

「おーい、スズメ。大きなつづらをおくれ！」

そういうと、おばあさんはスズメから大きなつづらをもらいます。

帰り道で、中になにが入っているのか気になってしかたのないおばあさんは、がまんできずに大きなつづらを開けてしまいました。

「うわ、なんじゃこりゃーー！」

つづらの中にはヘビやカエルがどっさり入っているではありませんか。

おどろいたおばあさんは、つづらを置きっぱなしにして、走って家まで帰りました。

想像してみよう　あなたがスズメなら、つづらになにを入れますか？

世界の昔話
イソップ

すっぱいブドウ

お腹をすかせたキツネのいいわけ

あるところに、お腹をすかせたキツネが歩いていました。

「ああ、なんでもいいから、メシを食いてえなあ」

トボトボ歩きながら空を見上げてみると、キツネの身長のはるか4倍くらいの高さの木に、まるまるとしたブドウがなっているではありませんか。

「うまそうなブドウだ……。よし、いっちょ跳んでとってみようじゃないか」

キツネはその場で、ピョーンと思いっきり跳んでみました。しかし、まったくとどきません。

「悔しいな……。今度は、助走をつけて跳んでみるか」

木から少し離れたところに立ち、キッとブドウをにらみつけると、キツネは全速力で走り出し、思いっきり飛び跳ねました。ですが、またまたブドウはとれません。

その様子を見ていた小鳥たちは、「あともう少し、あともう少し」とキツネをはげまします。

しかし、プライドが高いキツネは、ブドウをとれない自分にイライラしてきました。

そして、ふてくされた表情をして、こういいました。

豆知識 もとは「キツネとブドウ」という題で、2000年以上前から語りつがれています。

「このブドウはまだ熟れてないからとるのをやーめた。どうも、すっぱくてまずそうだ」

負けおしみをいいながら、キツネはブドウの木から離れていきました。

想像してみよう　あなたがキツネなら、どうしますか？

世界の名作
コッローディ

ピノキオの冒険

うそをついたら鼻が伸びちゃった！

むかしむかし、あるところに、ゼペットというおじいさんがいました。あるとき、ふしぎな木を手に入れたゼペットじいさんは、その木切れであやつり人形をつくりました。

できあがった人形はしゃべったり、動きまわったり、まるで人間の子どものようです。ゼペットじいさんはその人形にピノキオという名前をつけて、かわいがりました。

ところが、ピノキオは大のいたずらっ子です。あるとき、学校をさぼって、ゼペットじいさんが買ってくれた教科書を売ったお金で芝居を見に行きました。ピノキオは芝居小屋の親方に金

豆知識 鼻が伸びる場面は、作者によってあとからつけ加えられました。

貨をもらったのですが、帰り道に会ったいじわるなキツネと猫にだまされてしまいます。

高い木につるされたピノキオが泣いていると、スーッと目の前に美しい仙女がおりてきました。

「金貨はどうしたの？」

ピノキオが「なくした」とうそをつくと、ピノキオの鼻がズンズンと伸びていきます。

「あなたの鼻は、うそをつくと伸びるのです。いい子になったら人間にしてあげましょう」といって、鼻をもとに戻して助けてくれました。

人間になりたかったピノキオは、いい子になると約束して、まじめに学校にも通いました。ところが、友達に誘われて、おもちゃの国へ行ってしまいます。そこで毎日楽しく遊び続けていましたが、じつはそこは、子どもをロバに変えて売っている国だったのです。

ピノキオはなんとか海に逃げ出したのですが、今度は大きなサメに飲みこまれてしまいます。

暗いお腹の中をさまよっていると、「ピノキオ！」とよぶ声が聞こえました。声のほうへ近づいてみると、なんとゼペットじいさんがいたのです。

ゼペットじいさんは、ピノキオがいなくなってからずっと探し回っているうちに、サメに飲みこまれてしまったのでした。

ふたりは、サメが眠っているすきに、サメの歯の間から逃げ出します。

家に帰ってからピノキオは、一生懸命はたらいて、ゼペットじいさんを助けました。

ある晩、夢に仙女が出てきていいました。

「いい子になったわね。約束どおり人間にしてあげます」

次の日、目を覚ましたピノキオは人間の子どもになっていました。

 想像してみよう もしあなたがピノキオだったら、いい子になるためになにをがんばりますか？

こぶとりじいさん

鬼をよろこばせると、いいことがある!?

ある村に、右のほっぺに大きなこぶのあるおじいさんが住んでいました。そのこぶというのは、重くて目ざわりな、なんともじゃまなものでした。

ある日、おじいさんが森へ行くと急に雨がふってきました。大きな木で雨宿りをすることにしたおじいさんは、そのうちにつかれて眠ってしまいました。

おじいさんが目を覚ますと、もうすっかり夜。なんだかにぎやかな音が聞こえてきました。音のほうへ近づいてみると、なんと、たくさんの鬼が集まって踊っていたのです。

ピーヒャラドン、ピーヒャラドン。

おじいさんは、だんだん楽しくなってきて、踊りだしてしまいました。

それに気づいた鬼たちは、おじいさんの踊りがあまりにもじょうずなので大よろこび。いっしょになって、朝まで踊り続けました。

「じいさん、今夜も来いよ。それまで、このこぶをあずかっておいてやる」

豆知識　鬼の代わりに天狗が出てくるお話もあります。

鬼がおじいさんのこぶをひっぱると、きれいにとれてしまいました。ふしぎといたみもありません。こぶがなくなったおじいさんは、よろこんで家に帰りました。

その話を聞いたとなりのおじいさんは、夜になると森へ出かけていきました。となりのおじいさんは、左のほっぺに大きなこぶがあったので、自分もとってもらおうと思ったからです。

ピーヒャラドン、ピーヒャラドン。

しばらくすると、おはやしの音が聞こえてきたので、おじいさんは鬼の前に出ていきました。鬼は「別のじいさんが来たぞ！」と大よろこび。

ところが、おじいさんは鬼の姿を見たとたん、こわくなってぶるぶる震えてしまいました。これではうまく踊れません。

「へたくそ！　こぶを返してやるからさっさと帰れ！」

鬼は怒って、きのうとったこぶを、おじいさんの右のほっぺにくっつけてしまいました。両方のほっぺにこぶがついたとなりのおじいさんは、泣きながら家に帰りました。

織姫と彦星

大好きすぎてはなればなれになったふたり

わたしたちの頭のずーっと上にある空には、天の川という星たちの集まる場所があります。これは、その天の川にまつわるお話です。

むかし、天の川のほとりに、天の神さまが住んでいました。神さまには、織姫という名の美しいひとり娘がいます。織姫は、家で機織りをしながら暮らしていました。

織姫は年ごろになると、牛飼いの仕事をしている彦星と結婚しました。そして、天の川の岸で暮らしはじめます。

ふたりはとっても仲がよかったのですが、いつもいっしょにいたいと思い、だんだん仕事をしなくなってしまいました。

それを見て怒った神さま。

「そんなに仕事をしないのなら、彦星は天の川の東で、織姫は天の川の西で別々に暮らしなさい。これは命令だ」

豆知識 もともと中国の行事だった七夕は、奈良時代に日本に伝わってきました。

そう、ふたりにいい渡します。
神さまのいいつけを守らないわけにはいきません。ふたりは泣く泣く別れて暮らしはじめました。さみしい織姫は毎日泣いてばかりで、ふたりともまた仕事が手につかなくなりました。

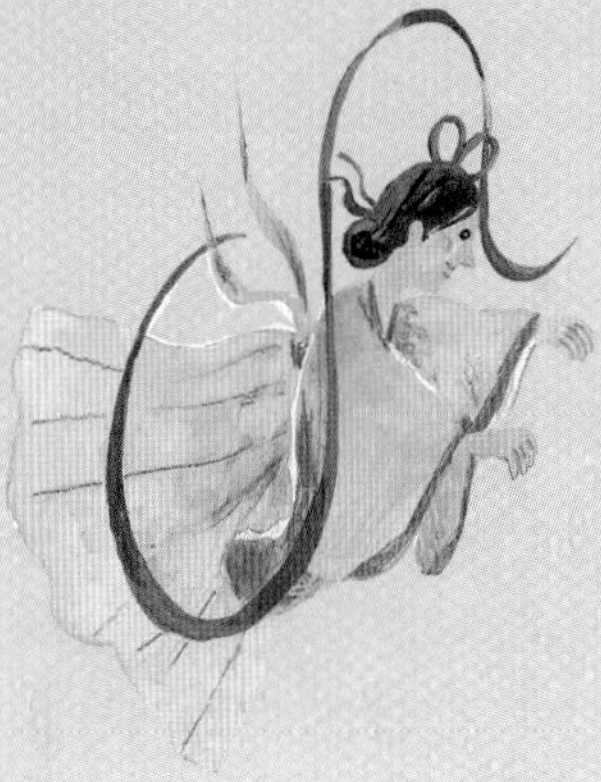

その様子を見た神さまはかわいそうに思って、七月七日の夜だけ、ふたりが会うことを許します。
ふたりはそれから、七月七日に会えるのを楽しみに、毎日一生懸命はたらくようになりました。
織姫が天の川を渡って彦星に会いに行ける日が、七夕の日なのです。

想像してみよう 織姫と彦星は、年に一度会ったとき、どんな話をしているのでしょう？

世界の昔話

西遊記

いざ、お経をもらいに天竺へ！

むかしむかし、中国に孫悟空という猿がいました。乱暴者の孫悟空はまわりの猿を従えて王となり、いばり散らしていました。そんな様子を見かねた神さまたちは、西の天竺からお釈迦さまをよんで、こらしめてもらおうとしました。

「やあ、孫悟空よ。いい気になってはならん」

「やい、お釈迦さまよ。おれさまに説教しても無駄だ！だって、おれさまは世界の果てまで飛べるんだからな！」

そういうと、孫悟空はきんと雲に乗って、お釈迦さまの手の上から飛び立ちました。しばらく行くと、大きな5本の柱が見えたので、世界の果てまで来た証拠に自分の名前を書いて、得意げにお釈迦さまのもとに戻りました。

しかし、「わたしの指を見てみなさい」というお釈迦さまの中指を見てみると、そこには先ほど書

いた孫悟空の名前が書かれているではありませんか。世界の果てだと思った大きな5本の柱はお釈迦さまの指で、孫悟空はお釈迦さまの手の平の中を飛んでいただけだったのです。

お釈迦さまは、思い上がった孫悟空を反省させるために、五行山の下じきにしてしまいました。

500年ほどたったある日、お経をもらうために西の天竺に向かっていた三蔵法師というお坊さんが、下じきにされた孫悟空を見つけます。

「そなたは、そこでなにをしているのだ？」

「おいらはむかし、嫌なやつだった。でも反省した。弟子にして、旅のおともをさせてくれ」

三蔵法師は孫悟空を助け、ともに天竺へ向かうことになりました。

そして、旅の途中で出会ったブタの妖怪の猪八戒や、川の怪物の沙悟浄とともに、4人は天竺への果てしない道のりを旅します。

数々の困難を乗りこえた三蔵法師たちが、天竺にたどり着くのは14年後のことです。

【監修者】
齋藤孝（さいとう・たかし）
明治大学文学部教授。1960年、静岡県生まれ。東京大学法学部卒業。東京大学大学院教育学研究科博士課程等を経て現職。専門は教育学、身体論、コミュニケーション論。2001年、『身体感覚を取り戻す』（NHKブックス）で新潮学芸賞受賞。同年に刊行した『声に出して読みたい日本語』（草思社・毎日出版文化賞特別賞）はシリーズ累計260万部のベストセラーとなった。著書の総発行部数は1000万部を超える。NHK Eテレ「にほんごであそぼ」総合指導を務める。

装丁　城所 潤＋大谷浩介（ジュン・キドコロ・デザイン）
撮影　宇留野潤（園部保夫写真事務所）
執筆協力　浮島さとし
編集協力　金丸信丈、出口夢々（株式会社ループスプロダクション）
本文デザイン　竹崎真弓（株式会社ループスプロダクション）
本文DTP　竹崎真弓、佐藤 修

子どもの頭と心を育てる100のおはなし

2020年３月23日　第１刷発行

監　修　齋藤孝
発行人　蓮見清一
発行所　株式会社 宝島社
〒102-8388　東京都千代田区一番町25番地
電話：編集　03-3239-0928
営業　03-3234-4621
https://tkj.jp
印刷・製本　日経印刷株式会社

ISBN 978-4-299-00343-0